# Une étude en rouge

ROMANS ET RECUEILS
AVEC SHERLOCK HOLMES

# Sir Arthur Conan Doyle

## Sherlock Holmes
# Une étude en rouge

Traduit de l'anglais
par Lucien Maricourt

*Librio*

Texte intégral

Titre original

*A study in scarlett*

Pour la traduction française
© L. Maricourt et Éditions André Martel, 1946

# 1

## MONSIEUR SHERLOCK HOLMES

En l'an 1878 je pris mon diplôme de docteur en médecine à l'université de Londres et je me rendis à Nepley pour y suivre les cours imposés aux médecins militaires. Y ayant achevé mes études, je fus dûment désigné pour le cinquième régiment d'infanterie de Northumberland, en qualité d'aide major. Le régiment était alors en garnison aux Indes et, avant que j'eusse pu le rejoindre, la seconde guerre afghane avait éclaté. En débarquant à Bombay, j'appris que mon unité s'était avancée à travers les défilés et qu'elle était loin déjà en territoire ennemi. Je la suivis, cependant, avec bon nombre d'autres officiers qui étaient dans la même situation que moi, et je réussis à atteindre sain et sauf Kandahar, où je trouvai mon régiment et, tout de suite, j'entrai en fonction.

La campagne rapporta honneurs et avancement à beaucoup, mais à moi elle ne procura que malheur et désastre. On me détacha de ma brigade pour m'adjoindre au régiment de Berkshire, avec lequel je combattis à la fatale bataille de Maiwand. Là, je fus atteint à l'épaule par une balle qui me brisa l'os et effleura l'artère sous-clavienne ; je serais tombé entre les mains des Ghazis assassins, sans le courage et le dévouement dont fit preuve mon ordonnance, Murray. En me jetant sur un cheval de bât il réussit à me ramener dans les lignes anglaises.

Épuisé par la souffrance, affaibli par les privations que j'avais dû endurer, on me dirigea, avec un grand convoi de blessés, sur l'hôpital de base, à Leshawir. Là, je me remis et j'étais déjà en état de me promener dans les salles et même de me chauffer au soleil sous la véranda, quand je fus abattu par la fièvre entérique, cette malédiction de nos possessions indiennes. Pendant des mois, on désespéra de me sauver et quand enfin, revenu à moi-même, je me trouvai convalescent, j'étais si faible, si amaigri que le bureau médical déclara qu'il ne fallait pas perdre un seul jour pour me renvoyer en Angleterre. On m'expédia donc sur le vaisseau *Oronte* et, un mois plus tard, je débarquais sur la jetée de Plymouth ; ma santé était irrémédiablement ruinée, mais un gouvernement paternel me permettait de passer les neuf mois suivants à essayer de l'améliorer.

Je n'avais aucun parent en Angleterre et j'étais donc libre comme l'air ou, du moins, aussi libre qu'un revenu de onze shillings et six pence par jour permet de l'être. Dans ces conditions je fus attiré vers Londres, ce grand égout dans lequel tous les flâneurs, tous les oisifs de l'Empire sont irrésistiblement entraînés. Je demeurai là quelque temps dans un hôtel du Strand, menant une vie sans confort, sans but, à dépenser l'argent que j'avais beaucoup plus librement que je n'aurais dû. L'état de mes finances devenait si alarmant que je me rendis compte qu'il fallait ou quitter la capitale et aller vivre quelque part à la campagne, ou changer du tout au tout mon genre d'existence. Préférant cette dernière solution, je commençai par me résoudre à quitter l'hôtel et à prendre mes quartiers dans quelque logis moins prétentieux et moins coûteux.

Le jour même où j'en étais arrivé à cette conclusion, je me trouvais au bar du *Criterion* quand quelqu'un me frappa sur l'épaule ; en me retournant je reconnus le jeune Stamford, qui avait été autrefois infirmier sous mes ordres. La vue d'un visage ami dans ce grand désert de Londres est, en vérité, chose bien agréable pour un homme solitaire. Stamford n'avait jamais été pour moi, autrefois, un bien grand camarade, mais maintenant je l'accueillais avec enthousiasme et lui aussi semblait enchanté de me voir. Dans l'exubérance de ma joie, je lui demandai de déjeuner avec moi au *Holborn* et nous partîmes ensemble en fiacre.

– Qu'est-ce que vous êtes devenu, Watson ? me demanda-t-il, sans cacher son étonnement, pendant que nous roulions à travers les rues encombrées de Londres. Vous êtes aussi mince qu'un fil.

Je lui fis une courte esquisse de mes aventures et j'en avais à peine fini quand nous arrivâmes à l'hôtel.

– Pauvre diable ! dit-il d'un ton de sympathie, après avoir entendu mes mésaventures. Et qu'allez-vous faire maintenant ?

– Je cherche un logement. J'essaie de résoudre ce problème. Est-il possible d'avoir un logement confortable à un prix raisonnable ?

– C'est étrange ! Vous êtes le second aujourd'hui qui me fait la même réflexion.

– Et qui était le premier ?

– Un type qui travaille là-haut au laboratoire de chimie à l'hôpital. Il se plaignait ce matin de ne pouvoir trouver quelqu'un qui partagerait par moitié avec lui le loyer de quelques belles chambres qu'il a découvertes et qui sont trop chères pour sa bourse.

– Pardieu ! s'il veut vraiment quelqu'un pour partager les chambres et le loyer, je suis l'homme qu'il lui faut. J'aimerais mieux avoir un associé que d'être seul.

Le jeune Stamford, son verre en main, me regarda de façon assez étrange.

– Vous ne connaissez pas encore Sherlock Holmes. Peut-être ne l'aimeriez-vous pas comme compagnon ordinaire.

– Et qu'a-t-il contre lui ?

– Oh ! je ne dis pas qu'il ait quelque chose contre lui. Il est un peu bizarre dans ses idées. Il est fanatique de quelques branches de la science. Autant que je sache, c'est un garçon convenable.

– Étudiant en médecine, sans doute ?

– Non, je n'ai aucune idée de ce qu'il a l'intention de faire. Je crois qu'il est fort en anatomie, que c'est un chimiste de première classe, mais, à ma connaissance, il n'a jamais suivi aucun cours de médecine régulier. Ses études, faites à bâtons rompus, ont été excentriques, mais il a amassé une telle quantité de connaissances accessoires qu'elle étonnerait ses professeurs.

– Ne vous êtes-vous jamais demandé à quoi il se destinait ?

– Non, c'est un homme qu'il n'est pas facile de faire parler ; bien qu'il soit assez bavard quand l'envie l'en prend.

– J'aimerais le rencontrer. Si je dois loger avec quelqu'un, je préférerais que ce soit un homme aux habitudes studieuses et tranquilles. Je ne suis pas encore assez fort pour supporter beaucoup de bruit et de mouvement. J'ai eu assez de l'un et de l'autre en Afghanistan pour le restant de mes jours. Comment pourrais-je rencontrer votre ami ?

– Il est sûrement au laboratoire. Ou il évite de s'y rendre pendant des semaines, ou il ne cesse d'y travailler du matin au soir. Si vous le voulez, nous nous y ferons conduire après déjeuner.

– Certainement, répondis-je, et la conversation dériva vers d'autres sujets.

En quittant l'hôtel et chemin faisant, Stamford me donna quelques nouveaux détails au sujet de ce monsieur que j'avais l'intention de prendre comme compagnon de logement.

– Il ne faudra pas me blâmer si vous ne vous arrangez pas avec lui, dit-il. De lui je ne sais rien de plus que ce que j'ai appris dans des rencontres accidentelles au laboratoire. C'est vous qui avez proposé cet arrangement, vous ne devrez donc pas m'en tenir responsable.

– Si nous ne nous entendons pas, il sera facile de nous séparer. Il me semble, Stamford, ajoutai-je, et je regardais fixement mon compagnon, que vous avez une raison quelconque de vouloir ainsi vous laver les mains de cette affaire. Le caractère de ce type est-il à ce point redoutable, ou quoi ? Allons, ne faites pas de façons.

– Il n'est pas facile d'exprimer l'inexprimable, dit-il en riant. Holmes est, à mon goût, un bonhomme trop scientifique, c'est presque un être à sang froid. Je l'imagine très bien administrant à un ami une petite pincée du tout dernier alcaloïde végétal, non par méchanceté, comprenez-moi, mais par esprit de curiosité, afin d'avoir une idée exacte de ses effets. Pour lui rendre justice, je crois qu'il la prendrait lui-même avec un empressement identique. Il me paraît avoir la passion des connaissances exactes et définies.

– C'est très bien, cela !

– Oui, mais cela peut être poussé à l'excès. Quand on en vient, dans les laboratoires de dissection, à battre les sujets avec un bâton, il est certain que cela prend une allure assez bizarre !

– Battre les sujets !

– Oui, pour vérifier jusqu'à quel point on peut causer des meurtrissures après la mort. Je le lui ai vu faire de mes propres yeux.

– Et pourtant vous dites qu'il n'étudie pas la médecine ?

– Non. Dieu sait quels sont les objets de ses études ! Mais nous y voici et vous allez pouvoir juger l'individu d'après vos propres impressions.

Tandis qu'il parlait, nous suivions une allée étroite et, par une petite porte latérale, nous pénétrions dans une aile du grand hôpital. C'était pour moi un terrain familier et je n'avais pas besoin de guide pour monter l'escalier de pierre et m'engager dans le long corridor, avec sa perspective de murs blanchis à la chaux et de portes aux sombres couleurs. Presque à son extrémité, bifurquait un petit couloir bas et voûté qui nous mena au laboratoire de chimie.

C'était une salle haute avec, aux murs, des rayons couverts d'innombrables flacons et bouteilles. De-ci, de-là, des tables basses et larges, toutes hérissées de cornues, d'éprouvettes, de becs Bunsen, de petites lampes aux flammes bleues et vacillantes. Il n'y avait dans la salle qu'un seul étudiant, penché sur une table assez éloignée et absorbé par son travail. Au bruit de nos pas, il jeta un regard autour de lui et, vivement, se dressa avec un cri de joie.

– Je l'ai trouvé ! je l'ai trouvé ! hurla-t-il à mon compagnon, en se précipitant vers nous avec une éprouvette à la main. J'ai trouvé un réactif qui précipite l'hémoglobine, et rien d'autre.

Sa joie n'aurait pu éclater plus clairement sur son visage s'il avait découvert une mine d'or.

– Le docteur Watson – M. Sherlock Holmes, dit Stamford, en nous présentant.

– Comment allez-vous ? dit-il, en me serrant cordialement la main avec une force dont je ne l'aurais guère cru capable. Vous avez été en Afghanistan, je vois.

– Comment diable savez-vous cela ? dis-je étonné.

– Peu importe ! et il se mit à rire. Ce dont il s'agit à présent, c'est l'hémoglobine. Sans doute voyez-vous la portée de ma découverte ?

– Elle est intéressante, chimiquement, sans doute, mais pratiquement...

– Comment ! c'est la découverte médico-légale la plus pratique qu'on ait faite depuis des années. Ne voyez-vous pas qu'elle nous donne une réaction infaillible pour les taches de sang ? Approchez là. (Dans son enthousiasme, il me saisit par la manche et m'entraîna à la table où il travaillait.) Prenons un peu de sang frais, dit-il, piquant un poinçon dans son doigt et faisant passer la gouttelette de sang, résultat de la piqûre, dans une pipette. Maintenant, j'ajoute cette quantité de sang à un litre d'eau. Vous voyez que le mélange qui en résulte a l'aspect de l'eau, tout simplement. La proportion du sang ne peut être supérieure à un millionième. Je ne doute pas pour autant que nous n'obtenions la réaction caractéristique.

Tout en parlant, il jeta dans le vase quelques cristaux blancs, puis y ajouta quelques gouttes d'un liquide transparent. En un instant le contenu du vase prit une teinte de couleur acajou et une poussière brunâtre se précipita au fond du récipient de verre.

– Ha ! ha ! s'écria-t-il, battant des mains avec l'air d'un enfant enchanté d'un nouveau jouet. Qu'en pensez-vous ?

– Il me semble que c'est une réaction extrêmement sensible.

– Magnifique ! Magnifique ! L'ancien test au gaïacol était grossier et incertain. Il en est de même de la recherche microscopique des corpuscules de sang, moyen inopérant si les taches datent seulement de quelques heures. Or avec cette méthode-ci, ma réaction, paraît agir avec une efficacité constante, que le sang soit ancien ou frais. Si on l'avait connue plus tôt, des centaines d'hommes qui courent encore les rues auraient, depuis beau temps, expié leurs crimes.

– En vérité ! murmurai-je.

– Des procès criminels bien souvent ne tiennent qu'à cela. Un homme est soupçonné d'un crime des mois, peut-être, après qu'il a été commis. On examine son linge, ses vêtements, et l'on y découvre des taches brunâtres. Sont-ce des taches de sang ou des taches de boue, des taches de rouille ou de fruit, que sais-je ? C'est une question qui a embarrassé maint expert et pourquoi ? Parce qu'il n'y avait pas de réaction à laquelle l'on pût se fier. Maintenant nous avons le test de Sherlock Holmes et cela ne fera plus aucune difficulté.

Ses yeux étincelaient, tandis qu'il parlait, et posant la main sur son cœur, il s'inclina comme pour saluer la foule d'admirateurs qu'évoquait son imagination.

– Il faut vous féliciter, remarquai-je, considérablement surpris de son enthousiasme.

– Il y a eu le procès de von Bischoff à Francfort l'an dernier. Il aurait sûrement été pendu, si ce test avait été connu. Il y a eu Mason de Bradford, le fameux Muller, et Lefèvre de Montpellier et Samson de La Nouvelle-Orléans. Je pourrais vous nommer vingt cas où ma réaction eût été décisive.

– Vous avez l'air d'être un calendrier ambulant du crime, dit Stamford en riant. Vous pourriez lancer un journal avec ces idées-là ; vous l'appelleriez « Nouvelles Policières du Passé ».

– Et on pourrait en faire une lecture très intéressante, remarqua Sherlock Holmes, tout en collant un petit morceau de taffetas sur la piqûre de son doigt. Il faut que je prenne des précautions, continua-t-il en se tournant vers moi, car je manie pas mal de poisons.

Il étendit la main tout en parlant et j'observai qu'elle était toute tachetée de petits morceaux de taffetas semblables, en même temps que décolorée par de puissants acides.

– Nous sommes venus ici pour affaires, dit Stamford, s'asseyant sur un tabouret à trois pieds et en poussant un dans ma direction. Mon ami que voici cherche un logis et comme vous vous plaigniez de ne pouvoir trouver quelqu'un pour en prendre un de compte à demi avec vous, j'ai pensé ne pouvoir mieux faire que de vous mettre en rapport.

Sherlock Holmes parut enchanté à l'idée de partager un appartement avec moi.

– J'ai en vue, dit-il, un appartement dans Baker Street. Il nous conviendrait absolument. Vous n'avez pas d'objection à l'odeur du tabac fort, j'espère ?

– Je fume moi-même quelque chose de très fort.

– Ça va ! Je m'occupe souvent de chimie et je fais parfois des expériences. Cela vous ennuierait-il ?

– Nullement.

– Voyons ! quels autres défauts à mon actif ? Quelquefois je broie du noir et je reste des jours sans ouvrir la bouche. Quand il en sera ainsi, il ne faudra pas croire que je boude. Laissez-moi tranquille et je redeviendrai bientôt sociable. Et vous, qu'avez-vous à avouer ? Avant de commencer à vivre ensemble, il vaut mieux que deux hommes sachent ce qu'il y a de pire en chacun d'eux.

Cet examen me faisait rire.

– J'ai un petit bouledogue, dis-je. Je n'aime pas le tapage parce que mes nerfs sont ébranlés, je me lève à toutes sortes d'heures impossibles et je suis très paresseux. J'ai une autre série de vices quand je me porte bien, mais ce sont les principaux pour le moment.

– Dans le mot tapage, comprenez-vous le fait de jouer du violon ?

– Cela dépend du joueur. Un air de violon bien joué est un régal des dieux ; mal joué c'est un…

– Oh ! ça va ! s'écria-t-il avec un rire joyeux. Je crois que nous pouvons considérer la chose comme arrangée, c'est-à-dire si les chambres vous plaisent.

– Quand les verrons-nous ?

– Venez me prendre ici demain à midi ; nous irons ensemble et nous réglerons tout.

– Très bien, à midi exactement, dis-je, avec une poignée de main.

Nous le laissâmes travailler dans son laboratoire et nous regagnâmes l'hôtel.

– À propos ! demandai-je soudain, m'arrêtant et me tournant vers Stamford. Comment diable a-t-il su que j'étais rentré de l'Afghanistan ?

– C'est justement là ce qui le distingue. Beaucoup de gens ont déjà souhaité savoir comment il découvre certaines choses.

– Oh ! un mystère alors ? m'écriai-je, en me frottant les mains. C'est très piquant. Je vous suis fort obligé de nous avoir mis en rapport. Le principal objet des études de l'humanité, c'est l'homme, vous le savez.

– Il faudra l'étudier, alors, dit Stamford en prenant congé de moi. Vous trouverez, toutefois, le problème ardu. Je parierais qu'il en apprendra plus sur votre compte que vous n'en saurez sur le sien. Au revoir !

– Au revoir !

Et fort intéressé par ma nouvelle connaissance, je rentrai en flânant à mon hôtel.

## 2

## LA SCIENCE DE LA DÉDUCTION

Nous nous sommes retrouvés le lendemain comme il avait été convenu et nous avons inspecté l'appartement au 221, Baker Street, dont il avait parlé lors de notre rencontre. Le logis se composait de deux confortables chambres à coucher et d'un seul studio, grand, bien aéré, gaiement meublé et éclairé par deux larges fenêtres. L'appartement nous parut si agréable et le prix, à deux, nous sembla si modéré que le marché fut conclu sur-le-champ et que nous en prîmes possession immédiatement. Le soir même je déménageais de l'hôtel tout ce que je possédais et le lendemain matin Sherlock Holmes me suivait avec plusieurs malles et valises. Un jour ou deux, nous nous sommes occupés à déballer et à arranger nos affaires du mieux possible. Cela fait, nous nous sommes installés tout doucement et nous nous sommes accoutumés à notre nouveau milieu.

Holmes n'était certes pas un homme avec qui il était difficile de vivre. Il avait des manières paisibles et des habitudes régulières. Il était rare qu'il fût encore debout après dix heures du soir et invariablement, il avait déjeuné et était déjà sorti avant que je ne me lève, le matin. Parfois il passait toute la journée au laboratoire de chimie, d'autres fois, c'était dans les salles de dissection, et de temps à autre en de longues promenades qui semblaient le mener dans les quartiers les plus sordides de la ville. Rien ne pouvait dépasser son énergie quand une crise de travail le prenait ; mais à l'occasion une forme de léthargie s'emparait de lui et, pendant plusieurs jours de suite, il restait couché sur le canapé du studio, prononçant à peine un mot, bougeant à peine un muscle du matin jusqu'au soir. En ces circonstances j'ai remarqué dans ses yeux une expression si vide, si rêveuse que j'aurais pu le soupçonner de s'adonner à l'usage de quelque narcotique, si la sobriété et la rectitude de toute sa vie n'eussent interdit une telle supposition.

À mesure que les semaines s'écoulaient, l'intérêt et la curiosité avec lesquels je me demandais quel but il poursuivait devinrent peu à peu plus grands et plus profonds. Sa personne même et son aspect étaient tels qu'ils ne pouvaient pas ne pas attirer l'attention de l'observateur le plus fortuit. Il mesurait un peu plus d'un mètre quatre-vingts, mais il était si maigre qu'il paraissait bien plus grand. Ses yeux étaient aigus et perçants, excepté pendant ces intervalles de torpeur auxquels j'ai fait allusion, et son mince nez aquilin donnait à toute son expression un air de vivacité et de décision. Son menton proéminent et carré indiquait l'homme résolu. Ses mains étaient constamment tachées d'encre et de produits chimiques et pourtant il avait une délicatesse extraordinaire du toucher, ainsi que j'avais eu fréquemment l'occasion de le constater en le regardant manipuler ses fragiles instruments.

Il se peut que le lecteur me considère comme incorrigiblement indiscret quand j'avoue à quel point cet homme excitait ma curiosité et combien de fois j'ai tenté de percer le silence qu'il observait à l'égard de tout ce qui le concernait. Avant de me juger, pourtant, qu'on se rappelle à quel point ma vie était alors sans objet et combien peu de choses étaient capables de retenir mon attention. Ma santé m'empêchait de m'aventurer au-dehors à moins que le temps ne fût exceptionnellement beau ; je n'avais aucun ami qui vînt me rendre visite et rompre la monotonie de mon existence quotidienne. Dans ces conditions j'accueillais avec empressement le petit mystère qui entourait mon compagnon et je passais une grande partie de mon temps à m'efforcer de le résoudre.

Il n'étudiait pas la médecine. Lui-même, en réponse à une question, m'avait confirmé l'opinion de Stamford à ce sujet. Il semblait n'avoir suivi aucune série de cours qui fussent de nature à lui valoir un diplôme dans une science quelconque ou à lui ouvrir l'accès des milieux scientifiques. Et pourtant son zèle pour certaines études était remarquable, et, dans certaines limites, ses connaissances étaient si extraordinairement vastes et minutieuses que ses observations m'ont bel et bien étonné. À coup sûr, nul homme ne voudrait travailler avec tant d'acharnement pour acquérir des informations si précises, s'il n'avait en vue un but bien défini. Les gens qui s'instruisent à bâtons rompus se font rarement remarquer par l'exactitude de leur savoir. Personne ne s'encombre l'esprit de petites choses sans avoir à cela de bonnes raisons.

Son ignorance était aussi remarquable que sa science. De la littérature contemporaine, de la philosophie, de la politique, il paraissait ne savoir presque rien. Un jour que je citais Carlyle, il me demanda de la façon la plus candide qui ça pouvait être et ce qu'il avait fait. Ma surprise fut à son comble, pourtant, quand je découvris qu'il ignorait la théorie de Copernic et la composition du système solaire. Qu'un être humain civilisé, au dix-neuvième siècle, ne sût pas que la terre tournait autour du soleil me parut être une chose si extraordinaire que je pouvais à peine le croire.

– Vous paraissez étonné, me dit-il, en soupirant de ma stupéfaction. Mais, maintenant que je le sais, je ferai de mon mieux pour l'oublier.

– Pour l'oublier !

– Voyez-vous, je considère que le cerveau de l'homme est, à l'origine, comme une petite mansarde vide et que vous devez y entasser tels meubles qu'il vous plaît. Un sot y entasse tous les fatras de toutes sortes qu'il rencontre, de sorte que le savoir qui pourrait lui être utile se trouve écrasé ou, en mettant les choses au mieux, mêlé à un tas d'autres choses, si bien qu'il est difficile de mettre la main dessus. L'ouvrier adroit, au contraire, prend grand soin de ce qu'il met dans la mansarde, dans son cerveau. Il n'y veut voir que les outils qui peuvent l'aider dans son travail, mais il en possède un grand assortiment et tous sont rangés dans un ordre parfait. C'est une erreur de croire que cette petite chambre a des murs élastiques et qu'elle peut s'étendre indéfiniment. Soyez-en sûr, il vient un moment où, pour chaque nouvelle connaissance que nous acquérons, nous oublions quelque chose que nous savons. Il est donc de la plus haute importance de ne pas acquérir des notions inutiles qui chassent les faits utiles.

– Mais le système solaire ! protestai-je.

– En quoi diable m'importe-t-il ? et sa voix était impatiente. Vous dites que nous tournons autour du soleil ; si nous tournions autour de la lune ça ne ferait pas deux liards de différence pour moi ou pour mon travail !

J'étais sur le point de lui demander ce que ce travail pouvait être, mais quelque chose dans sa manière me montra que la question ne serait pas bien accueillie. Je réfléchis toutefois à notre courte conversation, et m'efforçai d'en tirer mes déductions. Il m'avait dit qu'il ne voulait pas acquérir des connaissances qui soient sans rapport avec son travail. Par conséquent, toute la science qu'il possédait était susceptible de lui servir. J'énumérai, en pensée, les domaines divers dans lesquels il m'avait laissé voir qu'il était bien informé. Je pris même un crayon et les notai sur le papier. Quand j'eus terminé mon bilan, je ne pus m'empêcher d'en sourire. Le voici :

Sherlock Holmes – Ses limites
1. Connaissances en Littérature : Néant.
2. Connaissances en Philosophie : Néant.
3. Connaissances en Astronomie : Néant.
4. Connaissances en Politique : Faibles.
5. Connaissances en Botanique : Médiocres, connaît bien la belladone, l'opium et les poisons en général. Ignore tout du jardinage.
6. Connaissances en Géologie : Pratiques, mais limitées. Dit au premier coup d'œil les différentes espèces de sol ; après certaines promenades a montré des taches sur son pantalon et m'a dit, en raison de leur couleur et de leur consistance, de quelle partie de Londres elles provenaient.
7. Connaissances en Chimie : Très fort.
8. Connaissances en Anatomie : Précis, mais sans système.
9. Connaissances en Littérature passionnelle : Immenses. Il semble connaître tous les détails de toutes les horreurs commises pendant ce siècle.
10. Joue bien du violon.
11. Est un maître à la canne, à la boxe et à l'épée.
12. Bonne connaissance pratique de la loi anglaise.

Quand j'en fus arrivé là de ma liste, de désespoir je la jetai au feu.

« Si je ne puis trouver ce que cet homme a en vue en faisant aller de front toutes ces qualités et si je suis incapable de découvrir une profession qui les requiert toutes, me dis-je, autant y renoncer tout de suite. »

Je vois que j'ai fait allusion plus haut à ses talents de violoniste. Son don sous ce rapport était très grand, mais aussi excentrique que tous les autres. Qu'il pût s'attaquer à des partitions difficiles, je le savais, parce que, à ma prière il m'avait joué quelques *Lieder* de Mendelssohn et de mes autres compositeurs favoris ; cependant il ne consentait que rarement à jouer des morceaux connus.

Le soir, renversé dans son fauteuil, il fermait les yeux et, comme en pensant à autre chose, grattait son violon qu'il avait posé sur ses genoux. Parfois les cordes étaient sonores et mélancoliques, parfois fantasques et joyeuses. De toute évidence, elles reflétaient les pensées qui l'occupaient, mais quant à savoir si la musique l'aidait à penser ou si le jeu était simplement le résultat d'un caprice ou d'une fantaisie, c'est plus que je ne saurais dire. J'aurais pu protester contre ces solos exaspérants, si cela ne s'était ordinairement terminé par une succession rapide de mes airs favoris qui constituait en quelque sorte une légère compensation pour l'épreuve à laquelle ma patience était soumise.

Pendant la première semaine nous n'eûmes pas de visiteurs et je commençais à croire que mon compagnon avait aussi peu d'amis que moi-même. Bientôt, toutefois, je m'aperçus qu'il avait beaucoup de connaissances, et cela dans les classes les plus diverses de la société. Ce fut d'abord un petit bonhomme blême, à figure de rat et aux yeux sombres qui me fut présenté comme M. Lestrade et qui vint trois ou quatre fois dans la même semaine. Un matin, ce fut une jeune fille qui vint. Habillée à la dernière mode, elle s'attarda une heure, si ce n'est plus. L'après-midi du même jour amena un visiteur assez pauvrement vêtu ; il était grisonnant et ressemblait à un colporteur juif ; il me parut fort excité et il fut suivi de très près par une femme déjà avancée en âge et tout à fait négligée. En une autre occasion, un monsieur à cheveux blancs eut avec lui une entrevue ; un autre jour vint un porteur de gare, dans son uniforme de velours. Quand l'un de ces indéfinissables visiteurs se présentait, Holmes me priait de le laisser disposer du studio et je me retirais dans ma chambre. Il ne manquait jamais de s'excuser de me déranger ainsi :

– Il faut, disait-il, que cette pièce me serve de cabinet d'affaires ! Ces gens sont mes clients.

C'était une nouvelle occasion de lui demander de but en blanc de quelles affaires il s'agissait, mais mes scrupules m'empêchaient de forcer un autre homme à se confier à moi.

Je m'imaginais alors qu'il avait de graves raisons de ne pas y faire allusion. Toutefois il dissipa bientôt cette idée en abordant lui-même ce sujet.

C'était, j'ai de bonnes raisons de m'en souvenir, le 4 mars. Ce jour-là je m'étais levé un peu plus tôt que d'habitude et j'avais constaté que Sherlock Holmes n'avait pas encore achevé son petit déjeuner. Notre hôtesse était tellement habituée à mes heures tardives qu'elle n'avait pas mis mon couvert ou préparé mon café. Avec une vivacité irréfléchie, j'agitai la sonnette et, assez sèchement, lui déclarai que j'étais prêt. Là-dessus, je pris sur la table une revue et essayai de lire pour passer le temps pendant que mon compagnon mangeait en silence ses rôties. Le titre d'un des articles de la revue avait été marqué d'un coup de crayon ; naturellement je me mis à le parcourir.

Sous un titre plutôt prétentieux « Le Livre de la Vie », il essayait de montrer tout ce qu'un observateur pouvait apprendre d'un examen minutieux et systématique de tout ce qui se présentait à lui. Le tout me parut un remarquable mélange de finesse et d'absurdité. Le raisonnement était serré, mais les déductions me paraissaient tirées par les cheveux et exagérées. L'auteur prétendait pénétrer les pensées les plus intimes d'un homme par une expression momentanée de sa figure, par le mouvement d'un muscle, par un regard fugitif. Pour une personne rompue à observer et à analyser, l'erreur devenait chose impossible. Ses conclusions étaient aussi infaillibles qu'autant de propositions d'Euclide. Ses résultats apparaissaient si étourdissants aux non-initiés, que, tant qu'ils ne connaissaient pas la méthode pour les obtenir, ils pouvaient soupçonner leur auteur d'être sorcier.

« En partant d'une goutte d'eau, disait l'auteur, un logicien pourrait déduire la possibilité d'un océan Atlantique ou d'un Niagara, sans avoir vu l'un ou l'autre, sans même en avoir jamais entendu parler. Ainsi toute la vie est une vaste chaîne dont la nature nous devient connue chaque fois qu'on nous en montre un seul anneau. Comme tous les autres arts, la Science de la Déduction et de l'Analyse est un art que l'on ne peut acquérir que par une longue et patiente étude, et la vie n'est pas assez longue pour permettre à un homme, quel qu'il soit, d'atteindre à la plus haute perfection possible en cet art. Avant de s'appliquer aux aspects moraux et mentaux de ce sujet qui sont ceux qui présentent les plus grandes difficultés, le chercheur fera bien de commencer par résoudre des problèmes plus élémentaires. Quand il rencontre un homme, qu'il apprenne, rien qu'en le regardant, à connaître l'histoire de cet homme, la profession, son métier. Tout puéril que cet exercice puisse paraître, il aiguise les facultés d'observation et il vous apprend où l'on doit regarder et ce que l'on doit chercher. Les ongles d'un homme, les manches de son vêtement, les genoux de son pantalon, les callosités de son index et de son pouce, ses manchettes, son attitude, toutes ces choses révèlent nettement le métier d'un individu. Il est presque inconcevable que, si tous ces éléments sont réunis, ils ne suffisent pas pour éclairer le chercheur expérimenté. »

– Quel impossible fatras ! criai-je, en rejetant la revue sur la table. Je n'ai de ma vie lu de telles sornettes.

– Qu'est-ce que c'est ? dit Sherlock Holmes.

– Eh bien ! cet article ! Je vois que vous l'avez lu, puisque vous l'avez marqué. Je ne nie point qu'il soit bien écrit. Mais il m'irrite tout de même. Il est évident que c'est là une théorie bâtie par un oisif qui, dans son fauteuil, de son cabinet de travail, déroule gentiment tous ces petits paradoxes. J'aimerais le coincer dans un wagon de seconde classe du métro pour lui demander de me dire les métiers de tous les voyageurs. J'engagerais avec lui un pari à mille contre un.

– Vous perdriez votre argent. Quant à l'article, j'en suis l'auteur.

– Vous ?

– Oui. L'observation et la déduction, j'ai un faible pour ces deux choses-là. Les théories que j'ai formulées là et qui vous semblent si chimériques sont, en réalité, extrêmement pratiques, si pratiques que j'en dépends pour mon pain et mon sel.

– En quoi ? dis-je, involontairement.

– Eh bien ! j'ai un métier qui m'est propre. Je suppose que je suis son seul adepte au monde. Je suis détective consultant, si vous pouvez comprendre ce que c'est. Ici, à Londres, nous avons des quantités de détectives officiels, des quantités de détectives privés. Quand ces gens-là se trouvent en défaut, ils viennent à moi et je m'arrange pour les remettre sur la bonne piste. Ils m'exposent les faits, les témoignages et je peux, en général, grâce à ma connaissance de l'histoire criminelle, leur indiquer la bonne voie. Il y a une forte ressemblance de famille entre tous les méfaits, et si on possède sur le bout des doigts les détails d'un millier de crimes, il est bien extraordinaire que l'on ne puisse débrouiller le mille et unième. Lestrade est un détective bien connu. Dernièrement il s'est fourvoyé à propos d'une histoire de faux, et c'est ce qui l'a amené ici.

– Et les autres ?

– Ils me viennent pour la plupart d'agences de recherches privées. Ce sont des gens qui se trouvent dans l'embarras pour une chose ou une autre et qui ont besoin d'être renseignés, d'y voir plus clair. J'écoute leur histoire, ils écoutent mes conseils et j'empoche mes honoraires.

– Mais vous ne prétendez pas que, sans quitter votre chambre, vous pouvez résoudre ces difficultés à quoi d'autres n'ont pu rien comprendre, alors qu'eux ont tout vu ?

– Exactement. J'ai sous ce rapport une sorte d'intuition. De temps en temps il se présente un cas plus compliqué. Alors il faut que je me démène un peu et que je voie les choses de mes propres yeux. Vous comprenez, j'ai énormément de connaissances spéciales que j'applique au problème et qui me facilitent étonnamment les choses. Les règles de déduction exposées dans l'article qui vient de provoquer votre mépris me sont d'une valeur inestimable dans la pratique. L'observation, chez moi, est une seconde nature. Vous avez paru surpris quand, à notre première rencontre, je vous ai dit que vous reveniez de l'Afghanistan.

– On vous l'avait dit, sans doute.

– Pas du tout. Je savais que vous reveniez de l'Afghanistan. Par suite d'une longue habitude, toute une série de pensées m'a si rapidement traversé l'esprit que je suis arrivé à cette conclusion sans avoir eu conscience des étapes intermédiaires. Ces étapes existent pourtant. Mon raisonnement coordonné, le voici. Ce gentleman est du type médecin, mais il a l'air d'un militaire. Sûrement c'est un major. Il revient des tropiques, car son visage est très brun, mais ce n'est pas la couleur naturelle de sa peau, puisque ses poignets sont blancs. Il a enduré des privations, il a été malade : son visage l'indique clairement. Il a été blessé au bras, à en juger par la raideur peu naturelle de celui-ci. Dans quelle partie des tropiques un major de l'armée anglaise peut-il avoir subi tant de privations et avoir été blessé au bras ? Évidemment en Afghanistan. Tout cet enchaînement de pensées n'a pas pris une seconde et je vous ai fait cette remarque que vous veniez de l'Afghanistan, dont vous avez été étonné.

– Expliqué ainsi, c'est assez simple, dis-je en souriant. Vous me rappelez le Dupin d'Edgar Poe. Je ne supposais pas qu'un type de ce genre existait en dehors des romans.

Sherlock Holmes se leva et alluma sa pipe.

– Sans doute croyez-vous me faire un compliment en me comparant à Dupin. Or, à mon avis, Dupin était un être très inférieur. Cette façon qu'il avait de deviner les pensées de ses amis après un quart d'heure de silence était très prétentieuse et superficielle. Il avait, sans doute, un certain génie de l'analyse, mais il n'était nullement un phénomène comme Poe semblait l'imaginer.

– Avez-vous lu les ouvrages de Gaboriau ? Lecoq approche-t-il de votre idée d'un détective ?

Sherlock Holmes eut un mouvement ironique.

– Lecoq, dit-il d'un ton irrité, Lecoq était un gaffeur. Il n'avait qu'une chose en sa faveur : son énergie. Ce livre m'a positivement rendu malade. Il s'agissait d'identifier un prisonnier inconnu. Je l'aurais fait, moi, en vingt-quatre heures. Lecoq y a mis un mois ou presque. Cet ouvrage pourrait constituer à l'usage des détectives un livre élémentaire destiné à leur apprendre ce qu'il faut éviter.

Je ressentais quelque indignation de voir ainsi maltraiter deux personnages que j'avais admirés. Je m'avançai jusqu'à la fenêtre et restai là à regarder la rue affairée, en pensant : « Ce garçon-là est peut-être très fort, mais il est certainement très fat. »

– Il n'y a pas de crimes et il n'y a pas de criminels de nos jours, dit-il d'un ton de regret. À quoi cela sert-il d'avoir un cerveau dans notre profession ? Je sais bien que j'ai en moi ce qu'il faut pour que mon nom devienne célèbre. Il n'y a aucun homme, il n'y en a jamais eu qui ait apporté une telle somme d'étude et de talent naturel à la déduction du crime. Et quel en est le résultat ? Il n'y a pas de crimes à découvrir ; tout au plus quelque maladroite crapulerie ayant des motifs si transparents que même un agent de Scotland Yard y voit clair tout de suite.

Sa manière prétentieuse continuait de m'ennuyer ; je crus qu'il valait mieux changer le sujet de la conversation.

– Je me demande ce que cherche ce type là-bas, demandai-je, désignant un grand individu habillé simplement qui suivait l'autre côté de la rue, en examinant anxieusement les numéros.

Il tenait à la main une grande enveloppe bleue et, de toute évidence, portait un message.

– Vous parlez de ce sergent d'infanterie de marine ? dit Sherlock Holmes.

« Prétention et vantardise ! pensai-je à part moi. Il sait bien que je ne peux vérifier ce qu'il prétend deviner. »

Cette pensée m'avait à peine passé par la tête que l'homme que nous regardions, apercevant le numéro de notre maison, traversa la rue en courant. Nous entendîmes frapper bruyamment à la porte d'entrée, puis une grosse voix, et enfin des pas lourds qui montaient l'escalier.

– Pour M. Sherlock Holmes, dit-il en entrant dans notre studio et en tendant la lettre à mon ami.

Une occasion se présentait de rabattre un peu la vanité de Holmes qui ne la prévoyait guère tout à l'heure, quand il se livrait à ses conjectures hasardeuses.

– Puis-je vous demander, mon brave, dis-je doucement, quel est votre métier ?

– Commissionnaire, monsieur, dit-il d'une voix brusque. Mon uniforme est en réparation.

– Et qu'est-ce que vous faisiez avant ?

Ce disant, je regardais malicieusement mon compagnon.

– Sergent, monsieur, dans l'infanterie de marine. Pas de réponse, monsieur ? Parfait.

Il fit claquer ses talons l'un contre l'autre, leva la main pour nous saluer et disparut.

3

## LE MYSTÈRE DE LAURISTON GARDENS

J'avoue que je fus considérablement ébahi par cette nouvelle preuve de la nature pratique des théories de mon ami. Mon respect pour sa puissance d'analyse s'accrut merveilleusement. Il restait bien encore, pourtant, un soupçon dans mon esprit, que tout cela était un épisode arrangé d'avance et destiné à m'éblouir ; mais il m'était impossible de concevoir dans quel but il aurait pu vouloir me tromper ainsi. Quand je le regardai, il avait fini de lire la lettre et ses yeux avaient une expression vide et terne qui indiquait combien il était préoccupé.

– Comment diable avez-vous déduit cela ? demandai-je.

– Déduit quoi ? dit-il vivement.

– Que c'était un ancien sergent de l'infanterie de marine ?

– Je n'ai pas le temps pour les bagatelles, fit-il d'un ton brusque, puis souriant : Excusez ma brutalité. Vous avez interrompu le cours de mes pensées, mais peut-être est-ce aussi bien. Ainsi vous ne pouviez réellement pas voir que cet homme était un sergent d'infanterie de marine ?

– Non vraiment.

– Pour moi, ce fut plus facile de le savoir que ce ne va l'être d'expliquer comment je l'ai su. Si l'on vous demandait de prouver que deux et deux font quatre, vous éprouveriez quelque difficulté et pourtant vous êtes tout à fait sûr du fait. Même de l'autre côté de la rue, je pouvais voir une grande ancre bleue tatouée sur le dos de la main de cet homme et il portait les favoris réglementaires. Donc, il était de l'infanterie de marine. Le gaillard avait l'air conscient de son importance et même un air de commandement. Vous avez remarqué la façon dont il redressait la tête et comme il balançait sa badine.

25

Un garçon sérieux, respectable, d'âge moyen, tout cela se voyait tout de suite, et ce sont tous ces détails qui m'ont porté à croire qu'il avait été sergent.

– C'est merveilleux ! m'écriai-je.

– Tout ordinaire, dit Holmes.

Je pensai toutefois, à l'expression de son visage, que ma surprise évidente et mon admiration ne lui déplaisaient point.

– Je disais, il n'y a qu'un instant, reprit-il, qu'il n'y avait plus de criminels. Il paraît que j'ai tort. Voyez ça !

Il me lança la lettre que le commissionnaire avait apportée.

– Quoi ! m'écriai-je en y jetant les yeux, c'est terrible !

– Cela me paraît sortir un peu de l'ordinaire. Voudriez-vous me la lire à haute voix ?

Voici la lettre que je lui lus :

« Mon cher Sherlock Holmes,

« Il y a eu une vilaine affaire cette nuit au 3 de Lauriston Gardens, dans le voisinage de Brixton Road. Un de nos hommes de service par là aperçut une lumière vers deux heures du matin et, comme il s'agissait d'une maison vide, il se demanda s'il ne s'y passait pas quelque chose d'anormal. Il trouva la porte ouverte et dans la pièce du devant, totalement dépourvue de meubles, il découvrit le corps d'un monsieur bien habillé, qui avait dans sa poche des cartes au nom de "Enoch J. Drebber, Cleveland, Ohio, E.-U.". Rien n'avait été volé et il n'existe aucun moyen d'établir comment cet homme est mort. Il y a dans la pièce des taches de sang, mais aucune blessure sur le corps. Nous ne savons pas comment il est entré dans la maison et, en fait, l'affaire entière est une énigme. Si vous pouvez venir à la maison à n'importe quelle heure avant midi, vous m'y trouverez. Tout sera laissé en place jusqu'à ce que vous veniez. Si cela vous est possible, je vous donnerai d'autres détails et ce serait pour moi une grande faveur si vous vouliez me faire part de votre opinion.

« À vous cordialement,

Thomas Gregson. »

– Gregson est le plus fin de la bande de Scotland Yard, remarqua mon ami. Lui et Lestrade, ils constituent l'élite d'un mauvais lot. Ils sont tous les deux actifs et énergiques, mais très conventionnels. Ils sont, du reste, à couteaux tirés. Ils se jalousent autant qu'une paire de beautés professionnelles. On rira un peu dans cette affaire, s'ils sont tous les deux lancés sur la piste.

Je m'étonnai de le voir aussi calme et presque rieur.

– Il n'y a sûrement pas un moment à perdre, dis-je. Voulez-vous que j'aille chercher une voiture ?

– Il n'est pas sûr que j'y aille. Je suis le bougre le plus incurablement paresseux qu'on ait jamais vu, quand l'humeur m'en tient, bien entendu, car je puis, sans cela, me montrer parfois assez actif.

– Mais c'est l'occasion que vous avez longtemps souhaitée.

– Mon cher ami, qu'est-ce que cela me fait ? Supposez que je débrouille toute cette affaire ; vous pouvez être sûr que Gregson, Lestrade et Cie en empocheront tout l'honneur. Voilà ce qu'il en coûte de n'être pas un personnage officiel.

– Mais il vous prie de l'aider.

– Oui, il sait que je lui suis supérieur, et devant moi il le reconnaît ; mais il se couperait la langue plutôt que d'en convenir devant un tiers. Cependant nous pouvons aussi bien y aller et jeter un coup d'œil. Je travaillerai suivant ma propre méthode et je pourrai toujours me payer un peu leurs têtes, si cela ne doit rien me rapporter d'autre. Allons !

Il s'engouffra dans son pardessus et s'affaira dans la pièce d'une façon qui montrait qu'une crise d'énergie avait remplacé la crise d'apathie.

– Prenez votre chapeau, dit-il.

– Vous désirez que je vienne ?

– Oui, si vous n'avez rien d'autre à faire.

Un instant après nous étions tous les deux dans une voiture qui filait au grand galop vers Brixton Road.

Le matin était saturé de brume et de nuages ; un voile sombre couvrait les sommets des maisons et semblait réfléchir les rues couleur de boue. Mon compagnon était dans la meilleure des humeurs ; il bavardait, parlait de violons de Crémone, des différences entre un Stradivarius et un Amati. Quant à moi, je gardais le silence, car ce temps sombre et la mélancolique affaire où nous nous engagions me déprimaient.

– Vous ne semblez pas songer beaucoup à votre enquête, dis-je enfin, interrompant la dissertation musicale de Holmes.

– Pas de données, encore, répondit-il. C'est une erreur capitale que d'échafauder des théories avant d'avoir des faits. Cela fausse le jugement.

– Vous aurez bientôt vos données, car voici Brixton Road et, ou je me trompe fort, ou voilà la maison, là-bas.

– C'est juste ! Cocher, arrêtez !

Nous en étions encore à une centaine de mètres, mais il insista pour descendre et nous continuâmes à pied.

Le n° 3 de Lauriston Gardens avait un aspect menaçant et de mauvais augure. C'était la troisième de quatre maisons qui se dressaient un peu en retrait de l'alignement ; deux étaient occupées et deux vides ; ces dernières montraient trois rangées de fenêtres lugubres et nues, excepté que, çà et là, une inscription : « À louer » avait, comme une cataracte, laissé couler sa peinture sur les vitres barbouillées. Un petit jardin où s'éparpillaient des plantes maladives séparait de la rue chacune des maisons. Il était traversé par une étroite allée, de couleur jaunâtre, constituée apparemment en un mélange d'argile et de gravier. Tout le secteur était spongieux et gorgé d'eau car il avait plu toute la nuit. Le jardin était borné par un mur de brique d'un mètre que surmontait une barrière en bois ; à ce mur s'adossait un solide agent de police, entouré d'un petit groupe de flâneurs qui tendaient le cou et écarquillaient les yeux dans le vain espoir d'entrevoir quelque chose de ce qui se passait à l'intérieur.

Je m'imaginais que Sherlock Holmes allait se précipiter tout de suite dans la maison pour se plonger dans l'étude du mystère. Bien loin de là ! D'un air nonchalant qui, dans ces circonstances, me parut friser l'affectation, il allait et venait sur le trottoir, regardant distraitement le sol, le ciel, les maisons en face et la barrière. Son examen fini, il suivit l'allée, ou plutôt la bordure d'herbe qui longeait l'allée, gardant toujours les yeux fixés au sol. Deux fois il s'arrêta, et une fois je le vis sourire et l'entendis pousser une exclamation de satisfaction. Il y avait de nombreuses empreintes de pas sur le sol humide et argileux, mais puisque la police l'avait foulé en tout sens, je ne pouvais voir comment mon compagnon espérait en tirer quelque chose. Pourtant, j'avais eu des preuves si extraordinaires de la promptitude de ses facultés d'observation que je ne doutai pas qu'il n'aperçût bien des choses qui me demeuraient cachées.

À la porte de la maison nous fûmes accueillis par un homme grand et blême, avec des cheveux filasses et qui, un carnet à la main, s'élança vers nous et serra avec chaleur la main de mon ami.

– C'est vraiment gentil de venir, dit-il. Je n'ai touché à rien.

– Excepté cela ! répondit Holmes, en désignant l'allée. Si un troupeau de buffles était passé par ici, le gâchis ne pourrait pas être pire. Mais, sans doute, aviez-vous tiré vos conclusions, Gregson, avant de tolérer cela.

– J'ai été tellement occupé à l'intérieur, répondit évasivement le détective. Mon collègue, M. Lestrade, est ici. Je m'en suis remis à lui pour surveiller ça.

Holmes me regarda et leva les sourcils, sardoniquement.

– Avec deux hommes comme vous et Lestrade sur place, un tiers n'aura pas grand-chose à découvrir.

Gregson se frotta les mains, évidemment satisfait.

– Je crois que nous avons fait tout le possible ; c'est un cas bizarre pourtant, et je connais votre penchant pour ces affaires-là.

– Vous n'êtes pas venu ici en voiture ?

– Non.

– Lestrade non plus ?

– Non.

– Alors entrons et voyons la pièce.

Sur cette remarque insignifiante, il entra dans la maison, suivi de Gregson dont les traits exprimaient l'étonnement.

Un petit corridor au plancher nu et poussiéreux menait à la cuisine et à l'office. Deux portes ouvraient, l'une à droite, l'autre à gauche. Manifestement l'une de ces portes était restée fermée depuis des semaines. L'autre était celle de la salle à manger, la pièce dans laquelle le drame mystérieux s'était déroulé. Holmes entra et je le suivis, éprouvant en mon cœur ce sentiment indéfinissable qu'inspire la présence de la mort.

C'était une grande pièce carrée, qui paraissait plus grande encore du fait qu'il n'y avait aucun meuble. Un papier vulgaire et voyant tapissait les murs ; il était, par endroits, taché d'humidité et çà et là de grandes bandes détachées pendaient, laissant voir par-dessous le plâtre jauni. En face de la porte se dressait une cheminée prétentieuse surmontée d'une tablette en imitation de marbre blanc. Sur un coin de cette tablette se trouvait fiché un bout de bougie en cire rouge. L'unique fenêtre était si sale que la lumière, brumeuse et incertaine, donnait à tout une teinte morne et grise qu'accentuait encore l'épaisse couche de poussière qui revêtait tout l'appartement.

Ces détails, je ne les remarquai que plus tard. Pour le moment, mon attention se concentrait exclusivement sur la forme immobile et effrayante qui, sur le plancher, gisait, ses yeux vides et sans regard levés vers le plafond décoloré. C'était celle d'un homme d'environ quarante-trois ou quarante-quatre ans, de taille moyenne, aux épaules larges, avec des cheveux noirs et bouclés, une barbe courte et hirsute. Il était vêtu d'une lourde redingote, d'un gilet en drap fin, d'un pantalon clair, d'un col et de manchettes immaculés. Un chapeau haut de forme, bien brossé et élégant, se trouvait près de lui, à même le sol. Ses mains serrées, ses bras étendus, ses membres inférieurs entrelacés suggéraient que sa lutte avec la mort avait été très pénible. Sur sa face rigide se peignait une expression d'horreur, et, me sembla-t-il, de haine telle que je n'en avais jamais vu sur un visage humain. Cette contraction d'horrible méchanceté, associée au front bas, au nez écrasé, à la mâchoire prognate, donnait au mort une apparence simiesque qu'augmentait encore l'étrangeté de son attitude. J'ai vu la mort sous maintes formes, mais jamais elle ne m'est apparue sous un aspect plus lugubre que dans cette pièce sombre et sale qui donnait sur une des artères principales des faubourgs de Londres. Lestrade, un homme maigre, à figure de rat, se tenait à l'entrée, et nous salua.

– Cette affaire fera du bruit, remarqua-t-il ; ça passe tout ce que j'ai vu et je ne suis pas né d'hier.

– Il n'y a aucun indice, déclara Gregson.

– Pas le moindre, confirma Lestrade.

Sherlock Holmes s'approcha du corps et, s'agenouillant, l'examina très attentivement.

– Vous êtes sûrs qu'il n'y a pas de blessures ? dit-il, en montrant de nombreuses gouttes et taches de sang tout autour.

– Tout à fait ! s'écrièrent les deux détectives.

– Alors, naturellement, ce sang appartient à un second individu ; sans doute l'assassin, s'il y a eu assassinat. Cela me rappelle les circonstances qui accompagnèrent la mort de Van Jansen à Utrecht en 1834. Vous souvenez-vous de cette affaire, Gregson ?

– Pas du tout, monsieur.

– Relisez-la. Oui, vous devriez la relire. Il n'y a rien de nouveau sous le soleil. Tout a déjà été fait.

Tout en parlant, ses doigts agiles couraient de-ci, de-là, partout, palpant, pressant, déboutonnant, examinant, tandis que ses yeux avaient cette même expression lointaine dont j'ai parlé déjà. L'examen s'opérait si rapidement qu'on n'aurait guère deviné avec quelle minutie il était conduit. Enfin il flaira les lèvres du mort, puis regarda les semelles de ses souliers.

– On ne l'a pas bougé du tout ? demanda-t-il.

– Pas plus qu'il n'a été nécessaire pour notre examen.

– Vous pouvez maintenant le transporter à la morgue ; il n'y a plus rien à apprendre de lui.

Gregson avait un brancard et quatre hommes sous la main. À son appel, ils entrèrent dans la pièce et l'étranger fut soulevé et emporté. Lorsqu'on le leva, une bague tinta en tombant sur le plancher où elle roula. Lestrade s'en saisit et la regarda, avec des yeux ahuris.

– Il y a eu une femme ici, s'écria-t-il, c'est une alliance !…

Tout en parlant, il nous la présentait, au creux de sa paume. Rassemblés autour de lui, nous la regardions. Cela ne faisait aucun doute : ce petit cercle d'or tout simple avait un jour paré le doigt d'une mariée.

– Voilà qui complique les choses, dit Gregson. Dieu sait pourtant qu'elles étaient déjà assez compliquées !

– Êtes-vous sûr que cela ne les simplifie pas ? observa Holmes. On n'apprendra rien à la regarder comme cela. Qu'avez-vous trouvé dans les poches ?

– Tout est là, dit Gregson, désignant une série d'objets sur une des dernières marches de l'escalier. Une montre en or n° 97.163 de chez Barraud à Londres ; une chaîne en or, très lourde et massive, une bague en or avec un emblème maçonnique ; une épingle de cravate en or, une tête de bouledogue, avec des rubis figurant les yeux ; un porte-cartes, en cuir de Russie, avec des cartes au nom de Enoch J. Drebber, de Cleveland, correspondant à la marque E.J.D. qui est sur le linge ; pas de porte-monnaie, mais des pièces pour un montant de sept livres, treize shillings ; un exemplaire de poche du *Décaméron* de Boccace, portant le nom de Joseph Stangerson sur la feuille de garde ; deux lettres, l'une adressée à E. J. Drebber et l'autre à un certain Stangerson.

– À quelle adresse ?

– À la Bourse américaine, poste restante du Strand. Toutes deux viennent de la Compagnie de navigation à vapeur Guion et ont trait au départ de leurs bateaux, en partance de Liverpool. Il est clair que ce malheureux était sur le point de se rendre à New York.

– Avez-vous fait des recherches concernant ce Stangerson ?

– Sur-le-champ, dit Gregson. J'ai envoyé des annonces à tous les journaux et l'un de mes hommes est allé à la Bourse américaine, mais n'est pas encore de retour.

– Avez-vous communiqué avec Cleveland ?

– Nous avons télégraphié ce matin.

– Comment avez-vous formulé vos questions ?

– Nous avons tout bonnement détaillé les circonstances et dit que nous leur serions reconnaissants de tout renseignement susceptible de nous aider.

– Vous n'avez pas demandé de détails sur un point quelconque qui vous parût essentiel ?

– J'ai parlé de Stangerson.

– Rien d'autre ? N'y a-t-il pas une circonstance autour de laquelle toute cette affaire semble tourner ? Est-ce que vous n'allez pas retélégraphier ?

– J'ai dit tout ce que j'ai à dire, déclara Gregson d'un air offensé.

Sherlock riait tout bas et semblait sur le point de faire une remarque quand Lestrade, qui avait été dans la pièce de devant pendant que nous tenions cette petite conversation dans le vestibule, revint en scène, en se frottant les mains, pompeux et satisfait.

– Monsieur Gregson, dit-il, je viens de faire une découverte de la plus grande importance ; une découverte que l'on aurait négligée si je n'avais examiné les murs avec le plus grand soin.

Les yeux du petit bonhomme étincelaient. Il exultait, évidemment, parce qu'il avait marqué un point aux dépens de son collègue.

– Venez ici, dit-il, retournant précipitamment dans la pièce dont l'atmosphère était déjà moins malsaine depuis qu'on avait enlevé son lugubre occupant. Maintenant, mettez-vous là !

Il frotta une allumette sur son soulier et la haussa vers le mur.

– Regardez ça !

Il triomphait.

J'ai signalé que le papier était tombé en certains endroits. Dans ce coin particulier de la pièce, un grand morceau s'en était détaché, laissant un carré jaune de plâtre grossier. Au travers de cet espace nu, on avait griffonné, en lettres d'un rouge sang, un seul mot : « Rache. »

– Que pensez-vous de cela ? s'écria le détective, du ton d'un forain, exhibant un phénomène. On a négligé cela parce que c'était dans le coin le plus sombre de la pièce, et personne n'a pensé à y regarder. L'assassin, homme ou femme, l'a écrit avec son propre sang. Voyez cette tache, là où le sang a coulé le long du mur ! Voilà qui écarte l'idée de suicide en tout cas. Pourquoi a-t-on choisi ce coin pour y écrire ? Je vais vous le dire. Voyez cette bougie sur la cheminée. On l'a allumée à ce moment-là et dès lors ce coin devenait la partie la plus éclairée du mur et non plus la partie la plus sombre.

– Et qu'est-ce que ça signifie, maintenant que vous avez trouvé ça ? demanda Gregson, qui n'avait pas l'air d'approuver.

– Signifie ? Ça signifie que celui qui a écrit allait inscrire le nom Rachel, mais qu'il a été dérangé avant d'avoir eu le temps de finir. Rappelez-vous ça : quand l'affaire sera tirée au clair, vous trouverez qu'une femme nommée Rachel y est mêlée ! Vous pouvez rire, monsieur Sherlock Holmes. Il est possible que vous soyez très malin et très fort, mais quand tout aura été fait et quand tout aura été dit, le vieux limier que je suis aura encore le dernier mot.

– Je vous demande vraiment pardon, dit mon compagnon qui avait provoqué la mauvaise humeur du petit bonhomme en éclatant de rire. Vous avez assurément l'honneur d'être le premier de nous à avoir fait cette découverte, et il semble évident que cette inscription est imputable à l'autre acteur du mystère de la nuit dernière. Je n'ai pas eu encore le temps d'examiner la pièce, mais, avec votre permission, je vais le faire maintenant.

Tout en parlant, il sortait de sa poche un mètre-ruban et une grosse loupe. Avec ces deux objets il parcourut toute la chambre, s'arrêtant parfois, parfois s'agenouillant, le tout sans bruit ; une fois même il se coucha à plat ventre. Il était si occupé par ce qu'il faisait qu'il semblait avoir tout à fait oublié notre présence, car il se parlait à mi-voix, sans cesser non plus de pousser des exclamations, de grogner, de siffler aussi ; tous actes qui, tout en paraissant traduire ses espérances, pouvaient passer pour des encouragements qu'il s'adressait, dans l'exécution de sa tâche. En le regardant, je songeais, malgré moi, à un chien de chasse, pur de race et bien dressé, quand il s'élance vers l'avant, puis recule et revient dans un fourré, gémissant tout de bon jusqu'à ce qu'il retrouve la piste perdue. Pendant vingt minutes, peut-être plus, il poursuivit ses recherches ; il mesurait avec un soin minutieux la distance qui séparait des traces pour moi absolument invisibles. Parfois, il appliquait son mètre-ruban aux murs d'une façon non moins incompréhensible. À un certain endroit du plancher, il ramassa, avec de grandes précautions, un petit tas de poussière grise qu'il plaça dans une enveloppe. Enfin, à l'aide de sa loupe, il examina le mot écrit sur le mur, scrutant chaque lettre avec la plus grande minutie. Après quoi, il parut satisfait, car il remit son ruban et sa loupe dans sa poche.

– On dit que le génie, remarqua-t-il, consiste en une immense capacité de se donner de la peine ; c'est une mauvaise définition, mais elle s'applique bien au travail du détective.

Gregson et Lestrade avaient surveillé toutes les manœuvres de leur collègue amateur avec beaucoup de curiosité et un peu de mépris. Évidemment, ils ne considéraient pas, comme je commençais à m'en rendre compte, que les plus petites actions de Sherlock Holmes tendaient toutes à un but pratique.

– Qu'en pensez-vous, monsieur ? demandèrent-ils ensemble.

– Ce serait vous voler l'honneur de cette affaire que de me permettre de vous aider, remarqua mon ami. Vous vous en tirez si bien que ce serait dommage que quelqu'un s'en mêlât. (Il y avait un monde de sarcasme dans sa voix.) Si vous voulez bien me faire savoir ce qu'auront donné vos recherches, je serais heureux de vous fournir toute mon assistance. En attendant, j'aimerais parler à l'agent qui a trouvé le corps. Pouvez-vous me donner son nom et son adresse ?

Lestrade regarda son carnet :

– Jim Rance, dit-il. Il est au repos, maintenant. Vous le trouverez au 46 dans Rudley Court, Kennington Park Gate.

Holmes nota l'adresse.

– Venez, docteur, dit-il, nous allons le voir. Je vais vous dire quelque chose qui, peut-être, aidera votre enquête, continua-t-il, en se tournant vers les détectives. Il y a eu assassinat et l'assassin était un homme… C'est un gaillard qui fait plus d'un mètre quatre-vingts ; il est dans la force de l'âge, il a de petits pieds, eu égard à sa taille ; il porte des souliers à bouts carrés et il fumait un cigare de Trichinopoly. Il est venu ici avec sa victime dans une voiture à quatre roues, attelée d'un cheval qui avait trois fers vieux et un neuf au pied gauche de devant. Selon toutes probabilités, l'assassin a la figure rubiconde et les ongles de sa main droite sont remarquablement longs. Tout cela, c'est peu de chose, mais ça peut être utile.

Lestrade et Gregson se regardaient avec un sourire incrédule.

– Si cet homme a été assassiné, de quelle façon cela s'est-il produit ? demanda le second.

– Empoisonné, dit brièvement Sherlock Holmes, et il s'en alla, non sans se retourner avant de franchir la porte pour ajouter : Autre chose, Lestrade, « Rache », en allemand, veut dire : « Vengeance » ; alors ne perdez pas votre temps à la recherche de Mlle Rachel.

Et sur cette flèche du Parthe, il sortit, laissant les deux rivaux bouche bée derrière lui.

## 4

### CE QUE JOHN RANCE AVAIT À DIRE

Il était une heure quand nous quittâmes le n° 3 de Lauriston Gardens. Holmes me mena au bureau de poste le plus proche d'où il envoya un long télégramme. Il héla ensuite une voiture et ordonna au cocher de nous conduire à l'adresse donnée par Lestrade.

– Rien ne vaut les témoignages de première main, remarqua-t-il ; en fait, mon opinion sur cette affaire est entièrement arrêtée, mais autant apprendre tout ce qu'il y a à savoir.

– Vous m'étonnez, Holmes. Sûrement, vous n'êtes pas aussi certain que vous le prétendez de tous ces détails que vous avez donnés.

– Il n'y a pas le moindre risque d'erreur. La toute première chose que j'ai remarquée en arrivant là-bas, ce fut qu'une voiture avait, tout près de la bordure du pavé, formé deux ornières avec ses roues. Or jusqu'à hier, nous n'avions pas eu de pluie depuis une semaine ; ces roues qui ont laissé une empreinte si profonde ont donc dû stationner là pendant la nuit. On voit aussi les empreintes des sabots d'un cheval. Le dessin d'une de ces empreintes se découpe beaucoup plus nettement que le dessin des trois autres, ce qui prouve que c'était un fer neuf. Puisque la voiture est venue là après le début de la pluie et qu'on ne l'y a vue à aucun moment de la matinée – Gregson l'a dit –, il s'ensuit qu'elle a dû venir pendant la nuit et que, par conséquent, c'est elle qui a amené ces deux individus à la maison.

– Cela semble assez simple ; mais en ce qui concerne la taille de l'autre homme ?

– Eh bien ! Neuf fois sur dix, on peut déduire la taille d'un homme de la longueur de ses enjambées. C'est un calcul assez simple ; mais il est inutile de vous ennuyer avec des chiffres. J'ai trouvé ses pas dans l'argile à l'extérieur et sur la poussière de l'intérieur. J'ai eu, en outre, un moyen de vérifier mon calcul. Quand un homme écrit sur un mur, l'instinct le conduit à écrire à peu près au niveau de ses yeux. Or l'inscription se trouvait juste à un mètre quatre-vingts du sol. C'était un jeu d'enfant.

– Et son âge ?

– Quand un homme peut faire des pas de plus d'un mètre vingt-cinq sans le moindre effort, il ne peut pas être bien avancé en âge. C'était la largeur d'une flaque qui se trouvait dans l'allée du jardin et qu'il avait, de toute évidence, enjambée. L'homme aux chaussures vernies en a fait le tour, mais l'homme aux bouts carrés l'a franchie. Il n'y a là aucun mystère. J'applique simplement à la routine de la vie quelques-uns des principes d'observation et de déduction que je préconisais dans mon article. Y a-t-il autre chose qui vous paraisse une énigme ?

– Les ongles et le cigare ? répondis-je.

– L'écriture sur le mur a été tracée par un index trempé dans du sang. Ma loupe m'a permis d'observer que, ce faisant, on avait légèrement gratté le plâtre, ce qui ne se serait pas produit si l'ongle de cet homme avait été coupé. J'ai remarqué sur le plancher des cendres éparses, noires et floconneuses, telles que seul peut en donner un cigare de Trichinopoly. J'ai fait une étude spéciale des cendres de cigares et je me flatte de pouvoir distinguer au premier coup d'œil la cendre de n'importe quelle marque de cigare ou de tabac. C'est par des détails de ce genre que le détective habile diffère du type Gregson et Lestrade.

– Et la face rubiconde ?

– La face rubiconde est un trait plus audacieux quoique je ne doute pas que je n'aie raison… Il ne faut toutefois pas me demander cela au point où en est l'affaire.

– Ma tête tourbillonne, remarquai-je, en me passant la main sur le front. Plus on y pense et plus c'est mystérieux. Comment ces deux hommes – s'ils étaient deux – sont-ils venus dans une maison vide ? Qu'est devenu le cocher qui les a amenés ? Comment l'un a-t-il pu forcer l'autre à absorber un poison ? D'où est venu le sang ? Quel était le but de l'assassin puisque le vol n'y eut aucune part ? Comment la bague de cette femme est-elle venue là ? Et par-dessus tout, pourquoi le second homme a-t-il écrit le mot allemand « Rache » avant de filer ? J'avoue que je ne vois aucune possibilité de concilier tous ces faits.

Mon compagnon m'approuva d'un sourire.

– Vous résumez comme il faut et succinctement, dit-il, les difficultés de la situation. Il y a encore pas mal de choses obscures, bien que mon opinion soit faite sur l'essentiel. Quant à la découverte de ce pauvre Lestrade, c'était tout simplement un trompe-l'œil destiné à mettre la police sur une fausse piste, en suggérant une idée de socialisme ou de sociétés secrètes. Ce n'est pas l'œuvre d'un Allemand. L'A, si vous l'avez remarqué, a été dessiné un peu en gothique, à l'allemande. Or un véritable Allemand, lorsqu'il dessine une lettre, le fait invariablement en caractère latin, de sorte que nous pouvons affirmer que celui-là n'a pas été tracé par un Allemand mais par un faussaire maladroit qui a dépassé le but. Ce n'était qu'une ruse, pour aiguiller l'enquête sur une mauvaise voie. Mais je ne veux pas vous en dire davantage au sujet de cette affaire. Vous savez, docteur, qu'un magicien perd tout son prestige une fois qu'il a expliqué ses trucs et si je vous dévoile trop ma façon de travailler, vous en arriverez à la conclusion que je ne suis, après tout, qu'un type tout ordinaire.

– Jamais ! Vous avez amené la *Détection* aussi près d'être une science exacte qu'elle le sera jamais en ce monde.

Ces paroles et l'air de conviction avec lequel je parlais le firent rougir de plaisir. J'avais remarqué déjà qu'il était aussi sensible à la flatterie, quand il s'agissait de son art, que n'importe quelle femme quand il s'agit de sa beauté.

– Je vais vous dire autre chose, reprit-il. Souliers Vernis et Bouts Carrés sont venus dans la même voiture et ils ont suivi l'allée ensemble, aussi amis que possible, bras dessus, bras dessous, sans doute. Quand ils ont été à l'intérieur ils ont marché de long en large dans la pièce, ou plutôt Souliers Vernis a marché de long en large. J'ai pu lire cela dans la poussière, et j'ai pu lire que tout en marchant il s'excitait de plus en plus. Cela se voit clairement à la longueur croissante de ses pas. Tout en marchant, il parlait et se mettait en colère. C'est alors que la tragédie se déroula. Je vous ai dit tout ce que je sais ; maintenant, le reste n'est que conjectures. Nous avons une bonne base de travail, toutefois, pour démarrer, il faut nous presser, car je veux aller au concert, cet après-midi, entendre Norman Neruda.

Cette conversation avait eu lieu dans la voiture qui roulait par une longue succession de rues sales et d'allées lugubres. Dans la plus sale et la plus lugubre, notre cocher s'arrêta soudain.

– Voici Audley Court, c'est là-dedans, dit-il en nous désignant une fissure, plutôt qu'une entrée, qui s'ouvrait, étroite, dans une ligne de maisons de brique sombre. Vous me retrouverez ici à votre retour.

Ce n'était pas un endroit attrayant. L'étroit passage nous mena à un espace quadrangulaire pavé de dalles et bordé de sordides demeures. Traversant des groupes d'enfants déguenillés et des alignements de linge qui séchait sur des cordes, nous arrivâmes au n° 46. La porte était ornée d'une petite plaque en cuivre gravée au nom de Rance. En nous informant, nous apprîmes que l'agent était couché et pour attendre sa venue on nous fit entrer dans une petite salle sur le devant.

L'agent parut bientôt, l'air assez courroucé de ce qu'on le dérangeât dans son sommeil.

– J'ai fait mon rapport au poste de police, dit-il.

Holmes sortit un demi-souverain de sa poche et fit mine de jouer avec d'un air pensif.

– Nous désirerions tout entendre de votre propre bouche.

– Je serai très heureux de vous raconter tout ce que je peux, dit-il les yeux fixés sur le petit disque d'or.

– Racontez-moi tout ce qui s'est passé.

Rance s'assit sur le canapé de crin et fronça le sourcil, en homme résolu à ne rien omettre.

– Je vais tout vous raconter depuis le commencement ; le temps de ma ronde, c'est de dix heures du soir à six heures du matin. À onze heures il y a eu une bataille près du *Cerf Blanc* ; mais, à part ça, tout a été assez calme. À une heure, il s'est mis à pleuvoir et j'ai rencontré Harry Murcher – celui qui fait sa ronde du côté de Holland Grove – et nous avons bavardé au coin de la rue Henriette. Bientôt – il était peut-être deux heures, deux heures et quart, je me suis dit que j'allais faire un petit tour pour voir si tout allait bien du côté de Brixton Road. Tout était bien sage, bien tranquille. Je n'ai pas rencontré âme

qui vive, bien que j'aie vu une voiture ou deux. J'allais tout
doucettement, tout en songeant qu'un petit verre de gin chaud
serait bien agréable, quand, tout à coup, un filet de lumière
attira mon regard vers la fenêtre d'une maison. Or, je savais
que ces deux maisons de Lauriston Gardens restaient vides
parce que le propriétaire ne voulait pas faire vérifier les
conduites d'eau, après qu'un des locataires y était mort de la
fièvre typhoïde. Je n'en revenais donc pas de voir une lumière
à la fenêtre et je soupçonnais qu'il se passait quelque chose de
pas normal. Quand je suis arrivé à la porte...

– Vous vous êtes arrêté et vous êtes retourné à la porte du
jardin. Pourquoi ça ?

– Eh bien ! ça c'est vrai, monsieur, quoique, comment vous
pouvez le savoir, Dieu seul le sait ! Quand je suis arrivé à la
porte, tout était si silencieux et si désert que j'ai cru que je ne
m'en porterais pas plus mal si quelqu'un venait avec moi. Je
n'ai peur de rien, voyez-vous, de ce côté-ci de la tombe, mais
j'ai pensé que ça pourrait bien être le type qui est mort de la
typhoïde qui revenait inspecter les conduites qui l'ont tué.
Cette pensée m'a tant retourné que je suis revenu à la porte
du jardin pour voir si je n'apercevais pas la lanterne de Murcher ; mais il n'y avait aucun signe de lui ou de quiconque
d'autre.

– Il n'y avait personne dans la rue ?

– Pas âme qui vive, monsieur, pas même un chien. Alors
j'ai repris mon courage à deux mains, je suis revenu et j'ai
poussé la porte, qui s'est ouverte. Tout était tranquille à l'intérieur ; je suis donc entré dans la pièce où la lumière brillait.
C'était une bougie dont la flamme vacillait sur la tablette de
la cheminée – une bougie en cire rouge – et à sa lueur je vis...

– Oui, je sais tout ce que vous avez vu. Vous avez fait plusieurs fois le tour de la chambre, vous vous êtes mis à genoux
auprès du mort, puis vous avez traversé la pièce, vous avez
essayé d'ouvrir la porte de la cuisine et...

Rance d'un bond se leva, l'air effrayé, les yeux méfiants.

– Où étiez-vous caché pour voir tout ça ? Il me semble que
vous en savez bien plus long qu'il ne faudrait.

Holmes rit et jeta sa carte sur la table.

– Ne m'arrêtez pas pour cet assassinat, dit-il. Je suis un des
limiers et non point le gibier. M. Gregson et M. Lestrade vous
en répondront. Continuez. Après, qu'avez-vous fait ?

Rance reprit son siège, sans cependant rien perdre de son air abasourdi.

– Je suis retourné à la porte, et j'ai sifflé, ce qui a amené Murcher et deux autres agents sur les lieux.

– La rue était-elle déserte, à ce moment-là ?

– Oui, dans la mesure du moins où il s'agissait de nous être utile.

– Que voulez-vous dire ?

Les traits de l'agent se détendirent en un rire grimaçant.

– J'ai vu bien des pochards dans ma vie, dit-il, mais jamais je n'en ai vu un aussi soûl que ce coco-là. Il était à la porte quand je suis sorti ; appuyé contre la barrière, il chantait à tue-tête un refrain de café-concert. Il ne pouvait même pas se tenir debout ; encore bien moins m'aider.

– Quelle espèce de type était-ce ?

Rance paraissait irrité de cette digression.

– C'était un type soûl, mais soûl ! Il se serait vite trouvé au poste, si nous n'avions pas été si occupés.

– Son visage ? son costume ? n'en avez-vous rien remarqué ? interrompit Holmes, impatient.

– Je crois bien que non, étant donné que nous étions obligés de le soutenir – moi et Murcher – à nous deux. C'était un grand bonhomme, avec un visage rouge, dont le bas était enveloppé…

– Ça suffit, qu'est-ce qu'il est devenu ?

– Nous avions assez à faire sans aller nous occuper de lui, dit le policeman d'un air vexé. Je parierais qu'il est rentré chez lui tout droit.

– Comment était-il habillé ?

– Pardessus brun.

– Avait-il un fouet en main ?

– Un fouet ! non.

– Il a dû l'oublier, murmura mon compagnon. Vous n'auriez pas, après cela, entendu ou vu une voiture ?

– Non.

– Voici un demi-souverain pour vous, dit Holmes en se levant et prenant son chapeau. J'ai bien peur, Rance, que vous n'ayez jamais d'avancement dans la police. Votre tête, vous devriez vous en servir, ça n'est pas exclusivement une garniture. Vous auriez pu gagner vos galons de brigadier, la nuit dernière. L'homme que vous avez tenu entre vos mains est celui qui détient la clé de ce mystère, c'est l'homme que nous cherchons. Ça ne sert à rien d'en discuter maintenant. Je vous dis que c'est comme cela. Allons-nous-en, docteur.

Nous regagnâmes ensemble notre voiture, laissant notre informateur incrédule, mais inquiet.

– L'imbécile gaffeur ! dit Holmes avec amertume, tandis que nous roulions vers Baker Street. Dire qu'il a eu ce coup de chance incomparable et qu'il n'en a pas profité !

– Je suis encore pas mal dans l'obscurité. Il est vrai que la description de son ivrogne s'accorde bien avec votre idée du second acteur du mystère. Mais pourquoi serait-il revenu à la maison après l'avoir quittée ? Ce n'est pas la façon d'agir des criminels.

– La bague, mon cher, la bague ; voilà pourquoi il est revenu. Si nous n'avons pas d'autre moyen de le prendre, nous pouvons toujours amorcer notre ligne avec la bague. Je l'aurai, docteur ; je parierais deux contre un avec vous que je l'aurai. Je vous dois des remerciements pour tout cela. Sans vous je ne me serais peut-être pas dérangé et j'aurais ainsi manqué le plus beau sujet d'étude que j'aie jamais rencontré. Une étude en rouge, hein ? Pourquoi n'emploierions-nous pas un peu le jargon des arts ? Il existe, ce fil rouge de l'assassinat ; il court au travers de l'écheveau incolore de la vie, qui le cache et ne le découvre que par fractions. Et maintenant, allons déjeuner et puis nous irons entendre Norman Neruda. Sa façon de saluer et d'attaquer est splendide. Quelle est donc cette petite chose de Chopin qu'elle joue si magnifiquement ? Tra la la la la ?

Se renversant dans la voiture, le limier amateur chantait comme une alouette pendant que je réfléchissais à la multiplicité des manifestations de l'esprit humain.

## 5

## NOTRE ANNONCE AMÈNE UN VISITEUR

Les efforts de cette seule matinée avaient été trop pour ma faible santé et, l'après-midi, je me sentis fatigué. Quand Holmes fut parti au concert, je m'allongeai sur le divan, pour essayer de prendre quelques heures de sommeil. Vaine tentative. Mon esprit avait été trop excité par tout ce qui s'était passé, et les imaginations, les suppositions les plus étranges l'encombraient. Chaque fois que je fermais les yeux, je voyais devant moi la physionomie torturée et simiesque de la victime de l'assassinat. L'impression que ce visage produisait sur moi était tellement sinistre que je trouvais difficile d'éprouver autre chose que de la gratitude pour celui qui l'avait fait disparaître de ce monde. Si jamais traits humains reflétèrent au plus haut degré le vice et la méchanceté, c'étaient bien certainement ceux d'Enoch J. Drebber, de Cleveland. Pourtant je reconnaissais que justice devait être faite et qu'aux yeux de la loi la dépravation de la victime n'était pas une circonstance atténuante.

Plus j'y pensais, plus m'apparaissait extraordinaire l'hypothèse de mon compagnon que l'homme avait été empoisonné. Je me rappelais comment il avait flairé ses lèvres et je ne doutais point qu'il n'eût découvert quelque chose qui avait fait naître cette idée. En outre, si ce n'avait pas été par le poison, de quelle façon l'homme serait-il mort, puisqu'il n'y avait ni blessure ni traces de strangulation ? Mais, d'autre part, à qui appartenait le sang si abondamment répandu sur le plancher ? Il n'y avait pas de signe de lutte et la victime n'avait pas d'arme dont elle aurait pu blesser son adversaire. Aussi longtemps que ces questions demeureraient sans réponse, je sentais que dormir serait, et pour Holmes et pour moi, chose bien difficile. Son air calme et confiant me persuadait qu'il avait déjà échafaudé une théorie qui expliquait tous les faits, mais il m'était bien impossible de concevoir un seul instant quelle pouvait être cette théorie.

Holmes fut bien longtemps avant de rentrer ; tellement longtemps que le concert, je le savais, ne pouvait pas l'avoir retenu tout ce temps-là. Le dîner était servi lorsqu'il apparut.

– C'était magnifique, dit-il en s'asseyant. Vous rappelez-vous ce que Darwin dit de la musique ? Il prétend que la capacité de faire de la musique et de l'apprécier existait chez les humains longtemps avant qu'on n'eût acquis la faculté de parler. Peut-être est-ce pour cette raison que nous subissons la douce influence de la mélodie. Il y a dans nos âmes de vagues souvenirs de ces temps brumeux de l'enfance du monde.

– C'est là, remarquai-je, une grande idée.

– Nos idées doivent être aussi grandes que la Nature, lorsqu'il s'agit d'interpréter la Nature. Mais qu'y a-t-il ? Vous ne semblez pas être tout à fait vous-même. Cette affaire de Brixton Road vous a bouleversé.

– C'est la vérité. Je devrais être plus endurci après mes aventures en Afghanistan. J'ai vu sans me démonter déchiqueter mes camarades à Maiwand.

– Je vous comprends. Il y a dans cette affaire-ci un mystère qui excite l'imagination ; là où il n'y a pas d'imagination, il n'y a pas d'horreur. Avez-vous vu le journal du soir ?

– Non.

– Il donne un assez bon compte rendu de l'affaire. Il ne relate pas le fait que, quand on a soulevé l'homme, une alliance de femme est tombée sur le plancher. C'est tout aussi bien comme cela.

– Pourquoi ?

– Regardez cette annonce. Je l'ai envoyée ce matin à tous les journaux, tout de suite après l'affaire.

Il me passa le journal et je jetai les yeux à l'endroit qu'il indiquait. C'était la première annonce de la colonne : « Perdu et trouvé ».

Elle disait : « Dans Brixton Road, une alliance ordinaire, trouvée sur la chaussée entre la taverne du *Cerf Blanc* et Holland Grove. S'adresser au Dr Watson, 221 B Baker Street, entre huit et neuf heures, ce soir. »

– Excusez-moi de m'être servi de votre nom. Si je m'étais servi du mien, l'un ou l'autre de ces ballots le reconnaîtrait et voudrait se mêler à l'affaire.

– C'est très bien, mais à supposer que quelqu'un se présente, je n'ai pas de bague.

– Oh ! que si ! – et il m'en tendit une. Celle-ci fera très bien. C'est presque un fac-similé.

– Et qui, selon vous, répondra à cette annonce ?

– Eh bien ! l'homme au vêtement brun – notre ami à la face rubiconde et aux souliers à bouts carrés. S'il ne vient pas lui-même, il enverra un complice.

– Ne jugera-t-il pas que c'est trop dangereux ?

– Pas du tout. Si ma façon de considérer l'affaire est correcte – et j'ai tout lieu de croire qu'elle l'est –, cet homme risquerait tout plutôt que de perdre cette bague. D'après moi, il l'a laissée tomber quand il s'est penché sur le corps de Drebber, mais il ne s'en est pas rendu compte à ce moment-là. Quand il a eu quitté la maison, il s'est aperçu de sa perte et s'est hâté de revenir, mais il a constaté que la police était déjà sur les lieux, grâce à la sottise qu'il avait commise en laissant la bougie allumée. Il lui a fallu, alors, simuler l'ivresse pour dissiper les soupçons que sa présence à la porte du jardin pouvait éveiller. Et maintenant, mettez-vous à la place de cet homme. En y réfléchissant, il a dû penser qu'il était tout à fait possible qu'il eût perdu la bague après son départ de la maison. En ce cas, que va-t-il faire ? Il va chercher avidement dans les journaux du soir, avec l'espoir de la découvrir parmi les objets trouvés. Ses yeux, naturellement, tomberont sur ceci. Il sera enchanté. Pourquoi craindrait-il un piège ? À ses yeux, il n'y a aucune raison pour que le fait de trouver la bague soit associé au le crime. Il viendra. Vous le verrez d'ici une heure.

– Et alors ?

– Oh ! alors, vous pouvez me laisser m'occuper de lui. Avez-vous des armes ?

– J'ai mon vieux revolver d'ordonnance et des cartouches.

– Vous feriez bien de le nettoyer et de le charger. Nous aurons affaire à un homme prêt à tout. J'aurai beau le prendre au dépourvu, il faut être préparés à toutes les éventualités.

J'allai dans ma chambre à coucher et suivis son conseil. Quand je revins avec mon arme, la table avait été débarrassée et Holmes était absorbé par sa distraction favorite : gratter son violon.

– L'intrigue se corse, dit-il à mon entrée. Je viens de recevoir une réponse à mon télégramme aux États-Unis. Ma façon de considérer l'affaire est la bonne.

– Et c'est ? demandai-je vivement.

– Mon violon se trouverait mieux d'avoir de nouvelles cordes, remarqua-t-il. Mettez votre revolver dans votre poche. Quand le bonhomme viendra, parlez-lui sans façon et laissez-moi faire. Ne lui faites pas peur par un abord trop rude.

– Il est huit heures, maintenant.

– Oui, il sera sans doute ici dans quelques minutes. Ouvrez légèrement la porte. C'est cela. Maintenant, mettez la clé à l'intérieur. Merci ! Voici un livre bizarre que j'ai ramassé hier chez un bouquiniste : *De Jure inter Gentes*, publié en latin à Liège, dans les Pays-Bas, en 1642. La tête de Charles Ier était encore solide sur ses épaules quand ce petit bouquin fut tiré.

– Quel en est l'imprimeur ?

– Philippe de Croy, quel qu'il ait été. Sur la feuille de garde, d'une encre tout à fait passée, est inscrit « Ex Libris Guglielmi Whyte ». Je me demande qui était ce Whyte ? Sans doute un homme de loi du dix-septième siècle. Son écriture a quelque chose du chat-fourré. Ah ! voici notre homme qui arrive.

Pendant qu'il parlait, nous entendîmes sonner avec force, Sherlock Holmes se leva sans bruit et plaça sa chaise non loin de la porte. Le pas de la servante résonna dans le vestibule, sa clé grinça dans la serrure et elle ouvrit.

– Est-ce ici que demeure le docteur Watson ? demanda une voix claire mais assez dure.

La réponse de la servante ne nous parvint pas, mais la porte se referma et quelqu'un commença de monter l'escalier. Les pas, incertains, se traînaient. Mon compagnon me parut quelque peu surpris en les écoutant. On avançait lentement dans le corridor, puis on frappa faiblement à la porte.

– Entrez ! criai-je.

À mon appel, au lieu de l'homme violent que nous escomptions, entra en boitillant une très vieille femme toute ridée. Elle semblait éblouie par l'éclat de la lumière et, après une révérence, elle resta debout, à nous regarder de ses yeux chassieux et clignotants et à fouiller dans sa poche avec des doigts nerveux et tremblants. Je regardai rapidement mon compagnon ; sa figure avait une expression si déçue que je pus tout juste conserver mon sérieux. La vieille tira de sa poche un journal du soir et nous montra notre annonce.

– C'est ça qui m'a amenée, mes bons m'sieurs, dit-elle avec une autre révérence, une alliance d'or dans Brixton Road. C'est celle de Sarah, ma fille, qui s'est mariée il y a un an et que son mari est garçon sur un vapeur de l'Union ; et qu'est-ce qu'il dirait si il revenait et qu'il trouverait qu'elle n'a plus son alliance, j' n' peux pas l'imaginer, lui qu'est déjà pas jamais commode, mais surtout quand il a bu. S'il vous plaît, elle est allée au cirque hier soir avec…

– Est-ce ça sa bague ? demandai-je.

– Dieu merci ! Sarah sera aux anges, ce soir ; c'est bien elle !

– Et quelle est votre adresse ? dis-je en prenant un crayon.

– 13 Ducan Street, Houndsditch. C'est fatigant et loin d'ici.

– Il n'y a pas de cirque entre Brixton Road et Houndsditch, dit Holmes sèchement.

La vieille se tourna vers lui et le regarda fixement.

– Le monsieur m'a demandé mon adresse à moi. Sarah habite au 3 Mayfield Place, à Peckham.

– Et votre nom, c'est…

– Mon nom c'est Sawyer – le sien à elle Dennis. Tom Dennis c'est son homme, et c'est un gars actif et propre aussi, quand il est en mer, et y a pas dans la compagnie un garçon plus estimé ; mais quand il est à terre, les femmes, les bars…

– Voici votre bague, Mme Sawyer – je l'interrompais sur un signe de mon compagnon. Elle est à votre fille, c'est clair, et je suis content de pouvoir la rendre à sa propriétaire.

Mâchonnant de nombreuses bénédictions et protestations de reconnaissance, la vieille mit l'anneau dans sa poche et, de son pas traînant, descendit l'escalier.

Dès qu'elle fut sortie, Sherlock se précipita dans sa chambre. Quelques secondes après il en revenait enveloppé dans un grand manteau et un cache-nez.

– Je vais la suivre ; ce doit être une complice, elle me mènera à lui. Attendez-moi.

La porte du vestibule s'était à peine fermée sur notre visiteuse que Sherlock Holmes était au bas de l'escalier. En regardant par la fenêtre, je pus voir la femme passer lentement de l'autre côté de la rue, et déjà son poursuivant avait pris du champ.

Ou toute la théorie de Sherlock Holmes est fausse, pensais-je, ou cela va le conduire en plein cœur du mystère.

Il n'avait pas eu besoin de me demander d'attendre son retour. Je sentais que dormir me serait impossible tant que j'ignorais l'issue de son aventure.

Il était près de neuf heures quand il s'en alla. Je ne savais nullement combien de temps il serait absent et restai donc à veiller en fumant vigoureusement ma pipe et en feuilletant les pages de la *Vie de Bohême* de Murger. Dix heures sonnèrent ; j'entendis les bonnes qui montaient se coucher. Onze heures ; ce fut alors le pas, plus ferme, de la propriétaire, allant, elle aussi, retrouver son lit. Il était près de minuit quand j'entendis le bruit sec de la clé de Sherlock. Dès son entrée, je vis à sa figure qu'il n'avait pas réussi. Elle était empreinte d'amusement et de chagrin qui semblèrent s'y combattre jusqu'au moment où l'amusement l'emporta tout à coup. Alors il éclata de rire.

– Je ne voudrais pour rien au monde que Scotland Yard sache ça ! s'écria-t-il en se laissant tomber dans son fauteuil. Je me suis si souvent moqué d'eux qu'on ne cesserait pas d'en entendre parler. Je peux me permettre de rire parce que je sais que je leur revaudrai ça à la fin.

– Qu'y a-t-il donc ?

– Oh ! je n'ai pas de scrupules à vous conter une histoire qui n'est pas à mon honneur. Cette femme avait fait un petit bout de chemin quand elle se mit à boiter et à montrer de façon manifeste qu'elle avait mal aux pieds. Elle s'arrêta bientôt et appela un fiacre qui passait. Je m'étais arrangé pour être assez près d'elle, afin d'entendre l'adresse, mais point n'était besoin de tant m'inquiéter, car elle le chanta si haut qu'on pouvait l'entendre de l'autre côté de la rue. « Conduisez-moi au 13 de Ducan Street, Houndsditch », cria-t-elle. Ça commence à paraître vrai, pensai-je, et, l'ayant vue, bel et bien à l'intérieur, je m'installai sur les ressorts de la voiture ; c'est un art dans lequel tout détective devrait être expert. Donc nous roulons, nous roulons, sans nous arrêter une seconde jusqu'au moment où nous arrivons dans la rue en question. Je saute en bas de mon perchoir avant d'arriver à la porte et, tout en flânant, me voilà dans la rue. Je vois la voiture qui s'arrête, le cocher qui saute de son siège et je le vois ouvrir la porte puis qui reste là, à attendre. Personne ne sort, pourtant. Quand j'arrive près de lui, il est en train d'examiner avec rage la voiture vide et de lancer la plus belle collection de jurons que j'aie jamais entendus. Il n'y avait pas de trace de sa voyageuse et sans doute il se passera du temps avant qu'il ne reçoive le prix de sa course. En m'informant au 13, j'ai appris que la maison appartient à un respectable pâtissier du nom de Kerwick et qu'on n'y connaît ni Sawyer ni Dennis.

– Vous ne voulez pas dire, m'écriai-je, étonné, que cette femme, toute faible et chancelante, a pu sortir de la voiture quand elle roulait, sans que ni vous ni le cocher ne l'ayez aperçue ?

– Que le diable emporte la vieille ! C'étaient nous les vieilles femmes, de nous être laissé prendre ainsi. Ce devait être un jeune homme, et alerte avec ça, et un acteur incomparable, qui plus est ! Son déguisement était inimitable. Il a vu qu'on le suivait, sans doute, et il a employé cette ruse pour me fausser compagnie. Cela prouve que l'homme que nous cherchons n'est pas aussi isolé que je le croyais, mais qu'il a des amis qui sont prêts à prendre quelques risques pour lui. Et maintenant, docteur, vous m'avez l'air fourbu. Suivez mon conseil : allez vous coucher.

J'étais certainement très fatigué ; aussi j'obéis à cette injonction. Je laissai Holmes en face du feu et, fort avant dans la nuit, j'entendis les longues plaintes sourdes et mélancoliques de son violon ; je savais qu'il méditait encore l'étrange problème qu'il s'était donné à tâche de résoudre.

# 6

## TOBIAS GREGSON MONTRE
## CE QU'IL FAUT FAIRE

Les journaux du lendemain étaient pleins du « Mystère de Brixton », comme ils l'appelaient. Dans tous on trouvait un long compte rendu de l'affaire et quelques-uns lui consacraient en outre leurs éditoriaux. Il y avait peu de renseignements que nous ne connaissions. Je conserve encore, dans un album, de nombreuses coupures et des extraits qui s'y rapportent. En voici quelques-uns, condensés.

Le *Daily Telegraph* observait que dans l'histoire du crime il y avait rarement eu une tragédie qui offrît des traits plus étranges. Le nom allemand de la victime, l'absence de tout autre mobile, l'inscription sinistre sur le mur, tout indiquait qu'il avait été perpétré par des réfugiés politiques et des révolutionnaires. Les socialistes possédaient de nombreuses filiales en Amérique et le défunt ayant, sans doute, enfreint leurs lois non écrites, avait été poursuivi par eux… Après des allusions à la Wehmgericht, aux Carbonari, à la marquise de Brinvilliers, aux assassinats de la Grande Route de Ratcliff, l'article concluait par une semonce au gouvernement et réclamait une surveillance plus étroite des étrangers en Angleterre.

Le *Standard* commentait le fait que des crimes inqualifiables de cette espèce se produisaient sous une administration libérale. Ils provenaient du déséquilibre régnant dans les esprits et de l'affaiblissement de l'autorité qui en résultait. Le défunt était un Américain qui avait vécu quelque temps dans la capitale. Il avait demeuré à la pension de famille de Mme Charpentier, à Torquay Terrace, Camberwell. Il était accompagné dans ses voyages par son secrétaire particulier,

M. Joseph Stangerson. Tous les deux avaient pris congé de leur hôtesse le mardi 4 courant et étaient partis pour la gare d'Euston dans le but de prendre l'express de Liverpool. On les avait vus ensemble un peu plus tard sur le quai de la gare. On ne savait plus rien d'eux après cela jusqu'au moment où, comme nous l'avons relaté, on a trouvé le corps de M. Drebber dans une maison vide de Brixton Road à des milles de la gare d'Euston. Comment est-il venu là et comment est-il mort ? Ces questions sont encore enveloppées de mystère. Nous sommes heureux d'apprendre que MM. Gregson et Lestrade, de Scotland Yard, s'occupent tous deux de cette affaire et on présume avec confiance que ces deux fonctionnaires bien connus jetteront bientôt quelque lumière sur cette énigme.

Le *Daily News* observait que, sans aucun doute, c'était un crime politique. Le despotisme et la haine du libéralisme qui animaient les gouvernements du continent avaient eu pour effet de chasser vers nos rivages nombre d'hommes qui auraient fait d'excellents citoyens, s'ils n'avaient été aigris par le souvenir de toutes leurs souffrances. Il régnait parmi eux un code de l'honneur extrêmement strict qui punissait de mort quiconque le transgressait. Il fallait s'efforcer de retrouver le secrétaire Stangerson et s'informer auprès de lui de certains détails concernant le défunt. On avait fait un grand pas en découvrant l'adresse de la maison où celui-ci avait logé, résultat dû entièrement à la perspicacité et à l'énergie de M. Gregson, de Scotland Yard.

La lecture de ces lignes, pendant notre déjeuner, fut pour Sherlock Holmes et moi-même une cause de grand amusement.

– Je vous ai dit, remarqua Holmes, que quoi qu'il advînt, Lestrade et Gregson en tireraient avantage à coup sûr.

– Cela dépendra de la tournure des choses.

– Dieu vous bénisse ! cela n'a aucune importance. Si l'homme est pris, ce sera *grâce* à leurs efforts ; s'il ne l'est pas, ce sera en *dépit* de leurs efforts. C'est face, je gagne, et pile, tu perds. Quoi qu'ils fassent ils garderont leurs partisans. Un sot trouve toujours un plus sot qui l'admire.

– Mais qu'est-ce qu'il y a donc ? m'écriai-je, car à ce moment on entendit des pas nombreux dans le vestibule et dans l'escalier, en même temps que notre hôtesse proférait des paroles dégoûtées.

– C'est la brigade de police volante de Baker Street, répondit gravement mon compagnon, et comme il parlait une douzaine de jeunes galvaudeux tout déguenillés, les plus sales que j'ai vus de ma vie, se précipitèrent dans notre pièce.

– Fixe ! cria Holmes d'une voix brève, et les six petits coquins s'alignèrent comme autant de statuettes de mauvais goût. À l'avenir, vous ferez monter Wiggins tout seul au rapport et vous devrez attendre dans la rue. Avez-vous trouvé, Wiggins ?

– Non, monsieur, on n'a pas trouvé ! dit un d'entre eux.

– Je n'y comptais guère. Il faudra continuer jusqu'à ce que vous trouviez. Voici votre salaire. (Il donna un shilling à chacun d'eux.) Et maintenant, filez et revenez avec un meilleur rapport la fois prochaine.

D'un signe de la main il les congédia et ils descendirent comme autant de rats ; l'instant d'après, leurs voix aiguës montaient de la rue.

– Il y a davantage à tirer d'un de ces petits gueux que d'une douzaine d'agents, remarqua Holmes. La seule vue d'une personne qui a un air officiel scelle les lèvres des gens. Ces jeunes-là, au contraire, vont partout et entendent tout. Ils sont aussi insinuants que peut l'être une anguille ; ce qui leur manque, c'est d'être organisés.

– Est-ce pour l'affaire de Brixton que vous les employez ?

– Oui ; il y a un point dont je veux m'assurer. C'est simplement une question de temps. Ah ! cette fois nous allons avoir des nouvelles, et comment ! Voici Gregson, là-bas dans la rue. Il porte le mot « Béatitude » écrit sur tous les traits de son visage. Sa destination, c'est nous, je le sais. Oui, il s'arrête, le voici !

On sonna avec violence et au bout de quelques secondes le détective aux cheveux blonds montait l'escalier, trois marches à la fois, et entrait comme un éclair dans notre studio.

– Mon cher, s'écria-t-il en serrant la main inerte de Sherlock, félicitez-moi : grâce à moi, tout est clair comme le jour.

Il me sembla qu'une ombre d'anxiété traversait la figure expressive de mon compagnon. Il demanda :

– Voulez-vous dire que vous êtes sur la bonne piste ?

– La bonne piste! Eh! monsieur, nous tenons l'homme sous les verrous!

– Et son nom est?…

– Arthur Charpentier, sous-lieutenant de la marine de Sa Majesté, s'écria Gregson avec emphase, en se frottant les mains et en bombant la poitrine.

Sherlock Holmes poussa un soupir de soulagement et se laissa aller à sourire, tout en disant :

– Prenez un siège et tâtez de l'un de ces cigares. Nous sommes anxieux de savoir comment vous vous y êtes pris… Voulez-vous un whisky à l'eau?

– Si vous voulez. Les efforts terribles que j'ai dû fournir ces deux jours-ci m'ont épuisé; non pas tant les efforts physiques, comprenez-moi, que la tension d'esprit. Vous savez ce qu'il en est, monsieur Sherlock Holmes, car, l'un comme l'autre, c'est avec nos cerveaux que nous travaillons.

– Vous me faites trop d'honneur, dit Holmes avec gravité. Dites-nous comment vous êtes arrivé à ce résultat éminemment satisfaisant.

Le détective s'assit dans le fauteuil et, avec complaisance, tira sur son cigare; puis soudain, au comble de l'amusement, il tapa sur sa cuisse.

– Ce qu'il y a de rigolo là-dedans, s'écria-t-il, c'est que cet imbécile de Lestrade, qui se croit si malin, s'est tout à fait fourvoyé sur la fausse piste. Il cherche le secrétaire Stangerson qui n'est pas plus mêlé à ce crime que ne l'est un enfant encore à naître. Je ne doute pas qu'il ne l'ait pris maintenant.

Cette idée chatouillait Gregson au point qu'il en riait jusqu'à étouffer.

– Et comment avez-vous trouvé votre piste à vous?

– Je veux tout vous dire. Bien entendu, docteur Watson, ceci, c'est strictement entre nous. La première difficulté que nous avons rencontrée, c'était de dénicher les antécédents de cet Américain. Il y a des gens qui auraient attendu qu'on réponde à leurs annonces ou qu'on vienne spontanément leur fournir des renseignements. Mais ce n'est pas comme cela que travaille Tobias Gregson. Vous vous rappelez le chapeau, à côté du mort?

– Oui, de chez John Underwood et Fils, 229, Camberwell Road.

Gregson parut tout déçu.

– Je n'avais pas idée, dit-il, que vous l'aviez remarqué. Y avez-vous été ?

– Non.

– Ah ! (La voix de Gregson révéla un certain soulagement.) Il ne faut jamais négliger une chance, si petite qu'elle paraisse.

– Rien n'est petit pour un grand esprit, fit Holmes.

– Eh bien ! je suis allé chez Underwood et je lui ai demandé s'il avait vendu un chapeau de cette pointure et de ce genre. Il a regardé dans ses livres et, tout de suite, il l'a trouvé. Il avait envoyé le chapeau à un M. Drebber qui résidait à la pension de famille Charpentier, Torquay Terrace. Ainsi j'ai eu son adresse.

– Malin, très malin ! murmura Holmes.

– Je suis alors allé voir Mme Charpentier. Je l'ai trouvée très pâle et désolée. Sa fille était avec elle dans la pièce, une bien belle fille, elle avait les yeux rouges et ses lèvres tremblaient quand je lui parlais. Ça n'a pas échappé à mon observation. J'ai tout de suite flairé qu'il y avait quelque chose de louche. Vous connaissez ça, monsieur Sherlock Holmes, quand vous êtes près de la bonne piste… une espèce de frémissement dans les nerfs. J'ai demandé : Avez-vous appris la mort mystérieuse de votre ancien pensionnaire, M. Enoch J. Drebber de Cleveland ? La mère fit signe que oui. Elle ne paraissait pas capable de dire un mot. La fille se mit à pleurer. Plus que jamais je sentais que ces gens savaient quelque chose. J'ai demandé : À quelle heure M. Drebber a-t-il quitté votre maison pour aller prendre le train ?

– À huit heures, m'a-t-elle répondu, en faisant un effort pour maîtriser son agitation. Son secrétaire, M. Stangerson, a dit qu'il y avait deux trains, l'un à 9 h 15 et l'autre à 11 heures. Il devait attraper le premier.

– Et c'est là que vous l'avez vu la dernière fois ?

» La figure de la femme a changé terriblement quand j'ai posé cette question. Elle est devenue livide et ce n'est qu'après quelques secondes qu'elle a pu dire tout simplement : Oui, et cela d'une voix voilée et pas naturelle.

» Il y eut un court silence, et alors la fille a parlé d'une voix posée et claire ; elle a dit :

– Rien de bien ne peut sortir du mensonge, maman. Soyons franches avec ce monsieur. Nous avons revu M. Drebber.

– Dieu te pardonne ! s'écria Mme Charpentier en levant les mains et en se renversant dans sa chaise. Tu as tué ton frère !

– Arthur préférerait qu'on dise la vérité, répondit la fille avec fermeté.

– Vous feriez mieux de me dire tout ce que vous savez maintenant, leur ai-je dit. Des demi-confidences sont pires que rien. En outre, vous ignorez ce que nous savons.

– Que cela retombe sur ta tête, s'écria la mère, et se tournant vers moi : Je vais tout vous dire, monsieur. Ne vous imaginez pas que mon agitation au sujet de mon fils vient de la crainte que j'éprouve qu'il ait joué un rôle dans cette terrible affaire. Il est tout à fait innocent. Ce que je crains, c'est qu'à vos yeux et aux yeux des autres il puisse paraître compromis. Pourtant c'est sûrement impossible. Son caractère, sa profession, ses antécédents, tout s'y oppose.

– Ce que vous avez de mieux à faire, ai-je répondu, c'est de ne rien cacher ; soyez assurée que si votre fils est innocent, il ne s'en trouvera pas plus mal.

– Peut-être, Alice, ferais-tu mieux de nous laisser, dit-elle (et sa fille se retira). Maintenant, monsieur, continua-t-elle, je n'avais pas l'intention de vous dire ceci, mais puisque ma pauvre fille l'a révélé, je ne puis pas faire autrement. Ayant pris la résolution de parler, je vais tout vous dire, sans omettre un détail.

– C'est ce qu'il y a de mieux à faire, dis-je.

– M. Drebber a résidé chez nous pendant près de trois semaines. Lui et son secrétaire, M. Stangerson, avaient voyagé sur le continent. J'ai remarqué, sur toutes leurs valises, une étiquette de Copenhague qui indiquait que c'était le dernier endroit où ils s'étaient arrêtés. Stangerson était un homme tranquille et réservé, mais son patron, je regrette de le dire, se révéla tout différent. Il était grossier dans ses habitudes, brutal dans ses manières. Le soir même de son arrivée, étant pris de boisson, il se montra sous un très mauvais jour. En fait, cela lui arrivait tous les après-midi et on pourrait même dire qu'il n'était que rarement à jeun. Ses manières avec les bonnes étaient dégoûtantes de liberté et de familiarité. Pire encore, il prit rapidement la même attitude avec ma fille, Alice, et lui parla plus d'une fois d'une façon qu'elle est heureusement trop innocente pour comprendre. Une fois il la prit bel et bien dans ses bras et l'embrassa, affront si catégorique que son secrétaire lui reprocha l'indignité de sa conduite.

– Mais pourquoi avez-vous supporté tout cela ? demandai-je. Je suppose que vous pouvez vous débarrasser de vos pensionnaires quand vous le voulez ?

» Cette question pertinente fit rougir Mme Charpentier.

– Plût à Dieu que je lui eusse donné congé le jour même de son arrivée. Mais c'était bien tentant ! Ils payaient une livre par jour chacun – quatorze livres par semaine – et c'était la morte-saison ! Je suis veuve et mon garçon, qui est dans la marine, m'a coûté très cher. Ça m'ennuyait de perdre cet argent. J'ai fait pour le mieux. Cette dernière injure était de trop, pourtant. À cause de cela, je lui ai donné congé. C'est ce qui fait qu'il est parti.

– Et puis ?

– Je me suis senti le cœur léger quand je l'ai vu s'en aller. Mon fils est justement en permission maintenant et je ne lui ai rien dit de tout cela, car il est d'un caractère violent et il aime passionnément sa sœur. Quand j'ai eu fermé la porte derrière eux, il m'a semblé qu'on m'avait enlevé un poids de l'esprit. Hélas ! moins d'une heure après, on sonnait à la porte et j'apprenais que M. Drebber était revenu. Il était très excité et, une fois encore, pris de boisson. Il entra de force dans la chambre où j'étais assise avec ma fille, fit quelques remarques incohérentes, à propos du train qu'il avait manqué. Alors il s'est tourné vers Alice et, devant moi-même, il lui proposa de s'enfuir avec lui. «Vous êtes majeure, lui dit-il, et il n'y a aucune loi qui puisse vous en empêcher. J'ai de l'argent à ne savoir qu'en faire. Ne vous occupez pas de votre vieille, mais venez avec moi tout de suite. Vous vivrez comme une princesse. » La pauvre Alice avait si peur qu'elle voulut s'en aller, mais il la saisit par le poignet et s'efforça de l'entraîner vers la porte. J'ai poussé des cris et, à ce moment-là, mon fils Arthur est entré dans la chambre. Ce qui s'est passé alors, je ne le sais pas. J'ai entendu des jurons et les bruits confus d'une lutte. J'étais trop effrayée pour relever la tête. Quand j'ai regardé, j'ai vu Arthur, debout dans l'entrée ; il tenait un bâton à la main et il riait. «Je ne crois pas que ce joli galant nous embêtera encore ! dit-il. Je vais le suivre et voir ce qu'il devient. » Sur ces mots il prit son chapeau et s'en fut. Le lendemain matin, nous apprenions la mort mystérieuse de M. Drebber.

» Cette déclaration vint des lèvres mêmes de Mme Charpentier avec bien des soupirs et des arrêts. Parfois elle parlait si bas que je pouvais à peine saisir les mots. J'ai quand même pris une copie sténographiée de tout ce qu'elle a dit afin qu'il n'y ait pas d'erreur possible.

– C'est tout à fait passionnant, dit Holmes en étouffant un bâillement. Et après, que s'est-il passé ?

– Quand Mme Charpentier a cessé de parler, j'ai vu que toute l'affaire ne tenait plus qu'à un seul point. La fixant du regard d'une façon que j'ai toujours trouvée efficace avec les femmes, je lui ai demandé à quelle heure était rentré son fils.

– Je n'en sais rien, m'a-t-elle répondu.

– Vous ne savez pas ?

– Non, il a sa clé pour rentrer.

– Après que vous étiez couchée ?

– Oui.

– Quand vous êtes-vous couchée ?

– Vers onze heures.

– Alors votre fils a été absent pendant deux heures au moins ?

– Oui.

– Peut-être même quatre ou cinq ?

– Oui.

– Qu'a-t-il fait pendant ce temps-là ?

– Je ne sais pas, m'a-t-elle répondu, en pâlissant jusqu'aux lèvres.

» Bien sûr après cela, il n'y avait plus rien à faire. J'ai découvert où était le lieutenant Charpentier, j'ai pris avec moi deux agents de police et je l'ai arrêté. Quand je l'ai touché à l'épaule et que je l'ai invité à me suivre sans tapage il m'a répondu, aussi hardi qu'un coq : « Je suppose que vous m'arrêtez pour complicité dans la mort de cette canaille de Drebber ? » Nous ne lui en avions rien dit, de sorte que cette allusion revêt un aspect tout à fait suspect.

– Très suspect, dit Holmes.

– Il avait encore le lourd bâton qu'il avait pris, d'après les dires de sa mère, quand il avait suivi Drebber. C'était un solide gourdin de chêne.

– Quelle est votre théorie alors ?

– Eh bien ! ma théorie, c'est qu'il a suivi Drebber jusqu'à Brixton Road. Une fois là, une nouvelle querelle s'est élevée entre eux, et dans l'affaire, Drebber a reçu un coup de bâton, peut-être bien dans le creux de l'estomac, qui l'a tué sans laisser de trace. La nuit était si humide que personne ne se trouvait à proximité, de sorte que Charpentier a pu traîner le corps de sa victime jusque dans la maison vide. Quant à la bougie, au sang et à l'écriture sur le mur, ça peut être autant de trucs pour dépister la police.

– Très bien, fit Holmes, d'un ton encourageant. En vérité, Gregson, vous marchez bien. On fera encore quelque chose de vous.

– Je me flatte d'avoir mené cette affaire assez proprement, répondit le détective avec orgueil. Le jeune homme a, spontanément, fait une déclaration dans laquelle il a dit qu'après qu'il eut suivi Drebber pendant un certain temps, celui-ci l'aperçut et prit une voiture pour le semer. Là-dessus, Charpentier rencontra chemin faisant un vieux second maître avec lequel il se promena longuement. Quand je lui ai demandé où logeait ce second maître, il n'a pu me donner une réponse satisfaisante. Je crois que tout cela colle admirablement. Ce qui m'amuse, c'est de penser à Lestrade qui est parti sur la mauvaise piste. J'ai peur qu'il n'en tire pas grand-chose. Mais, pardieu ! le voici en personne.

C'était en effet Lestrade qui avait grimpé l'escalier pendant que nous bavardions et qui maintenant pénétrait dans la chambre. L'assurance et la désinvolture qui, d'ordinaire, caractérisaient son allure et sa mise, lui manquaient aujourd'hui. Le visage inquiet, les vêtements en désordre, il était de toute évidence venu dans l'intention de consulter Sherlock Holmes, car, en apercevant son collègue, il parut à la fois gêné et déconcerté. Il resta planté au milieu de la pièce, à manipuler nerveusement son chapeau sans savoir que faire.

– C'est un cas très extraordinaire, dit-il enfin, une affaire tout à fait incompréhensible.

– Ah ! vous trouvez, monsieur Lestrade ! s'écria Gregson triomphant. Je pensais bien que vous en arriveriez à cette conclusion. Avez-vous réussi à trouver le secrétaire, M. Joseph Stangerson ?

– Le secrétaire, M. Joseph Stangerson, dit gravement Lestrade, a été assassiné, à l'hôtel *Holliday*, vers six heures ce matin.

## 7

## UNE LUMIÈRE DANS LA NUIT

La nouvelle avec laquelle Lestrade nous saluait était si importante et si inattendue que nous demeurâmes tous les trois muets d'étonnement. Gregson bondit de sa chaise et renversa ce qui restait de son whisky. Silencieux, je regardai Sherlock Holmes dont les lèvres étaient serrées et les sourcils froncés.

– Stangerson aussi! murmura-t-il. L'intrigue se corse!

– Elle était pourtant assez corsée déjà, grogna Lestrade en prenant une chaise. Mais il me semble que je tombe dans un conseil de guerre.

– Êtes-vous… êtes-vous sûr de cette nouvelle? balbutia Gregson.

– Je viens de sa chambre. J'ai été le premier à découvrir ce qui était arrivé.

– Nous venons d'entendre la manière de Gregson d'envisager l'affaire, observa Holmes. Voudriez-vous nous faire connaître ce que vous avez vu et fait?

– Je n'y ai aucune objection. Je confesse volontiers que j'étais d'avis que Stangerson était pour quelque chose dans la mort de Drebber. Ce nouveau développement de l'affaire me montre que je me trompais du tout au tout. Plein de mon idée, j'ai entrepris de découvrir ce qu'était devenu le secrétaire. Le soir du 3, on les avait vus ensemble à la gare d'Euston vers huit heures et demie. À deux heures du matin on avait trouvé Drebber dans Brixton Road. La question qui se posait pour moi, c'était de déterminer comment Stangerson s'était occupé entre huit heures et demie et le moment du crime et ce qu'il avait fait après. J'ai télégraphié à Liverpool, en donnant une description de l'homme et en les prévenant de surveiller les vaisseaux en partance pour l'Amérique. Je me suis mis ensuite à visiter tous les hôtels, tous les garnis aux alentours d'Euston. Je me disais que si Drebber et son compagnon s'étaient séparés, ce que ce dernier ferait tout naturellement, ce serait de chercher une maison où passer la nuit dans le voisinage pour revenir flâner aux abords de la gare le lendemain matin.

– Il était vraisemblable qu'ils conviendraient auparavant d'un rendez-vous, remarqua Holmes.

– C'est ce qui se produisit... J'ai passé toute la soirée d'hier à enquêter, toujours sans résultat. Ce matin j'ai recommencé de bonne heure et à huit heures je suis arrivé à l'hôtel *Holliday* dans Little George Street. Lorsque j'eus demandé s'il y avait dans l'établissement un M. Stangerson, on me répondit tout de suite affirmativement.

– Sans doute êtes-vous le monsieur qu'il attendait, me dit-on. Il y a deux jours qu'il attend un monsieur.

– Où est-il à présent ? demandai-je.

– Il est là-haut, couché. Il a prié qu'on l'appelle à neuf heures.

» Il me semblait que ma venue soudaine pourrait lui donner un choc nerveux et l'amener à dire quelque chose de spontané. Le cireur de la maison offrit de me montrer la chambre. C'était au second étage, un petit corridor y menait. Le cireur me désigna la porte et il allait descendre quand je vis quelque chose qui me souleva presque le cœur, en dépit de mes vingt années d'expérience. Passant sous la porte, un mince filet rouge avait coulé au travers du corridor et formait une petite flaque qui figeait le long de la plinthe de l'autre côté. J'ai poussé un cri qui a fait revenir le cireur. Il faillit s'évanouir quand il vit ce sang. La porte était fermée de l'intérieur, mais nous l'avons enfoncée d'un coup d'épaules. La fenêtre de la chambre était ouverte et, à côté de la fenêtre, ramassé en tas, gisait le corps d'un homme en costume de nuit. Il était bien mort, et mort depuis quelque temps, car ses membres étaient rigides et froids. Quand nous l'avons retourné, l'employé de l'hôtel l'a reconnu tout de suite pour l'homme qui avait pris la chambre sous le nom de Joseph Stangerson. La cause de la mort, c'était un coup de poignard dans le côté ; il a dû pénétrer jusqu'au cœur. Et maintenant voici la partie la plus étrange de l'affaire : Que supposez-vous qu'il y avait au-dessus du cadavre ?

J'avais comme la chair de poule ; je pressentais quelque horreur, même avant qu'Holmes ne répondît.

– Le mot « *Rache* » écrit en lettres de sang.

– Cela même, dit Lestrade.

Il y avait de l'épouvante dans sa voix et nous demeurâmes silencieux un moment.

Il y avait quelque chose de si méthodique et de si incompréhensible dans les actes de cet assassin inconnu que cela ajoutait à ces crimes une horreur de plus. Quand j'y pensais, mes nerfs, pourtant assez fermes sur le champ de bataille, frémissaient.

– L'homme a été vu, reprit Lestrade. Un petit laitier qui se rendait à la laiterie a passé par là en suivant l'allée qui longe les écuries, derrière l'hôtel. Il a remarqué qu'une échelle, d'ordinaire couchée sur le sol, était dressée contre une des fenêtres du second étage, alors grande ouverte. Il était déjà passé quand, en se retournant, il a vu un homme qui descendait de l'échelle. Il descendait si tranquillement, si ouvertement que le garçon a supposé que c'était un charpentier ou un menuisier qui travaillait dans l'hôtel. Il n'y a pas prêté une attention particulière, mais s'est tout de même dit qu'à son idée c'était rudement tôt pour se mettre au travail. Il a l'impression que l'homme était grand, qu'il avait un visage rougeaud et qu'il était vêtu d'un costume brun. Sans doute est-il resté quelque temps dans la chambre après l'assassinat, car nous avons trouvé dans la cuvette où il s'est lavé les mains de l'eau teintée de sang et des traînées sur les draps, où il a froidement essuyé son couteau.

Je regardais Holmes en écoutant cette description de l'assassin qui cadrait si bien avec la sienne. Son visage, pourtant, ne reflétait ni le triomphe ni la satisfaction.

– N'avez-vous trouvé dans la chambre rien qui pût vous donner quelque renseignement sur le meurtrier ? dit-il.

– Rien. Stangerson avait le porte-monnaie de Drebber dans sa poche, mais il paraît que c'était l'habitude, étant donné qu'il réglait toutes les dépenses. Il y avait quelque quatre-vingts livres dedans, mais on n'avait rien pris. Quels que soient les mobiles de ces crimes extraordinaires, le vol n'en est certainement pas. Il n'y avait ni papier ni mémorandums dans les poches de la victime, à part un télégramme expédié de Cleveland il y a un mois et qui contenait les mots : « J. H. est en Europe », sans aucune signature.

– N'y avait-il rien d'autre ? demanda Holmes.

– Rien de bien important. Le roman, avec lequel l'homme s'était endormi, était sur le lit et sa pipe sur une chaise près de lui. Il y avait un verre d'eau sur la table et, sur l'appui de la fenêtre, une petite boîte contenant deux pilules.

Sherlock Holmes bondit de sa chaise, avec une exclamation de joie : « Le dernier maillon ! Mon enquête est bouclée ! »

Les deux détectives le considéraient d'un air amusé.

– J'ai maintenant bien en main, dit mon compagnon avec assurance, tous ces fils qui formaient un tel enchevêtrement. Il reste, naturellement, des détails à compléter. Mais je suis aussi sûr de tous les faits essentiels, depuis le moment où Drebber a quitté Stangerson à la gare jusqu'à la découverte du cadavre de celui-ci, que si je les avais vus de mes propres yeux. Je vais vous donner une preuve de ce que je sais. Pourriez-vous mettre la main sur ces pilules ?

– Je les ai, dit Lestrade, en montrant une petite boîte blanche. Les voici. Je les ai prises avec le porte-monnaie et le télégramme, dans l'intention de les mettre en sûreté au poste de police. C'est bien par hasard que j'ai emporté ces pilules, car je dois vous dire en conscience que je n'y attache aucune importance.

– Passez-les-moi, dit Holmes. Maintenant, docteur, sont-ce là des pilules ordinaires ?

Il s'en fallait de beaucoup, certainement. Elles avaient une couleur gris perle, elles étaient rondes, petites et presque transparentes à la lumière. Je remarquai :

– D'après leur transparence et leur légèreté, j'imagine qu'elles sont solubles dans l'eau.

– C'est bien cela, dit Holmes. Maintenant auriez-vous l'obligeance de descendre et d'aller chercher ce pauvre petit diable de chien qui est malade depuis si longtemps et dont la maîtresse, notre hôtesse, vous demandait hier d'abréger les souffrances ?

Je descendis et ramenai le chien dans mes bras. Sa respiration haletante et son œil vitreux montraient qu'il n'était pas loin de sa fin. En fait, son museau blanc comme neige indiquait qu'il avait déjà dépassé le terme courant de la vie d'un chien. Je le déposai sur un coussin sur le paillasson.

– Je vais maintenant couper une de ces pilules en deux, dit Holmes, et tout de suite, il joignit l'action à la parole. Nous en remettons une moitié dans la boîte pour plus tard. Je mettrai l'autre moitié dans ce verre avec une cuiller à café d'eau. Vous voyez que notre ami le docteur a raison et qu'elle se dissout facilement.

– C'est peut-être très intéressant, dit Lestrade du ton offensé de quelqu'un qui soupçonne que l'on se moque de lui. Je ne vois pas, pourtant, ce que cela a à voir avec la mort de M. Joseph Stangerson.

– Patience, mon ami, patience ! Vous verrez, à son heure, que ça a tout à y voir. Je vais maintenant ajouter un peu de lait, pour rendre le mélange agréable au goût et, en le présentant au chien, nous constaterons qu'il le lappe avec empressement.

Tout en parlant, il versait le contenu du verre dans une soucoupe et plaça celle-ci devant le chien qui, rapidement, l'absorba et lécha la soucoupe. La gravité de Sherlock Holmes nous avait si bien convaincus que nous étions là tous, intensément attentifs et silencieux, à observer l'animal comme si nous escomptions quelque résultat étonnant. Rien ne se manifesta. Le chien continua de reposer sur le coussin, respirant péniblement mais, suivant les apparences, ne se trouvant ni mieux ni plus mal d'avoir absorbé ce mélange.

Holmes avait sorti sa montre, et à mesure que les minutes se succédaient sans résultat une expression de contrariété et de déception se peignait sur ses traits. Il se mordait les lèvres, pianotait sur la table et montrait tous les symptômes d'une vive impatience. Son émotion était si grande que je me sentais tout désolé pour lui, tandis que les détectives, à qui était loin de déplaire l'échec qu'il subissait, avaient un sourire moqueur.

– Ce ne saurait être une coïncidence, s'écria-t-il à la fin, bondissant de son fauteuil et marchant comme un fauve dans la chambre. Il est impossible que ce soit une pure coïncidence. Ces mêmes pilules que je soupçonnais dans le cas de Drebber, on les retrouve bel et bien après la mort de Stangerson. Et pourtant elles sont inertes. Qu'est-ce que cela veut dire ? Sûrement tout l'enchaînement de mon raisonnement ne peut être faux ! C'est impossible ! Et pourtant, ce pauvre chien n'est pas plus malade. Ah ! j'y suis !

En poussant un vrai cri de joie, il se rua vers la boîte, coupa l'autre pilule en deux, la fit dissoudre, ajouta du lait et présenta le mélange à l'animal. La langue de la malheureuse bête semblait à peine s'y être humectée que tout son corps frissonnait convulsivement et qu'elle gisait aussi rigide, aussi inanimée que si elle avait été frappée par la foudre.

Sherlock Holmes respira longuement et essuya la sueur qui perlait sur son front.

– J'aurais dû avoir plus de foi, dit-il. Je devrais bien savoir, à l'heure qu'il est, que quand un fait semble s'opposer à une longue suite de déductions, cela prouve toujours qu'on peut l'expliquer d'une autre manière. Des deux pilules contenues dans cette boîte l'une était le poison le plus funeste, et l'autre entièrement inoffensive. J'aurais dû le savoir avant même d'ouvrir la boîte.

Cette dernière affirmation me paraissait si étonnante que je pouvais à peine croire qu'il était dans son bon sens. Cependant le chien mort était là, qui prouvait que sa supposition était correcte. Il me semblait que les brouillards de mon esprit se dissipaient peu à peu et je commençais à avoir une vague vision de la vérité.

– Tout ceci vous paraît étrange, continua Holmes, parce que vous n'avez pas pu, tout au début de l'enquête, saisir l'importance du seul véritable indice qui s'est offert à vous. J'ai eu la bonne fortune de ne pas le laisser échapper et tout ce qui arrive depuis lors est venu confirmer ma supposition première et, en vérité, en a été la suite logique. Il s'ensuit que des choses qui vous ont embarrassés et qui ont rendu l'affaire plus obscure, ont servi à m'éclairer et à fortifier mes conclusions. C'est une erreur de confondre l'étrangeté avec le mystère. Le crime le plus ordinaire est souvent le plus mystérieux, parce qu'il ne présente aucun trait nouveau ou spécial d'où l'on puisse tirer des déductions.

» Cet assassinat aurait été infiniment plus difficile à débrouiller si l'on avait trouvé le corps de la victime gisant sur la chaussée sans aucun de ces détails accessoires sensationnels et outrés qui en ont fait un cas remarquable. Ces détails étranges, loin de le rendre plus difficile…

M. Gregson, qui avait écouté ce petit discours avec une grande impatience, ne put se contenir plus longtemps.

– Allons ! Monsieur Sherlock Holmes, dit-il, nous sommes tous prêts à reconnaître que vous êtes très fort et que vous avez des méthodes de travail à vous. Mais, tout de même, il nous faut maintenant quelque chose d'autre que des théories et des sermons. Il s'agit de prendre l'homme. J'ai exposé ma manière de voir et il semble que j'avais tort. Le jeune Charpentier n'a pas pu être mêlé à cette seconde affaire. Lestrade a recherché Stangerson et il semble que lui aussi a eu tort. De temps en temps vous avez paru insinuer que vous en saviez plus que nous, mais l'heure est maintenant venue où nous nous sentons en droit de vous demander sans détour ce que vous savez de cette affaire. Pouvez-vous nommer celui qui a fait le coup ?

– Je ne peux pas ne pas penser que Gregson a raison, monsieur, remarqua Lestrade. Tous les deux, nous avons essayé, tous les deux nous avons échoué. À plusieurs reprises, depuis que je suis ici, vous avez remarqué que vous aviez toutes les preuves qu'il vous fallait… Sûrement vous ne voudrez pas nous les cacher plus longtemps.

– Tout retard dans l'arrestation de l'assassin, observai-je, pourrait lui laisser le temps de perpétrer quelque nouvelle atrocité.

Pressé de la sorte par tous, Holmes donnait des signes d'indécision. Il continua d'arpenter la pièce, la tête inclinée sur sa poitrine, les sourcils froncés, comme c'était son habitude quand il se perdait dans ses pensées.

– Il n'y aura plus d'assassinat, dit-il enfin, en s'arrêtant brusquement et en nous faisant face. Vous pouvez rejeter cette considération comme hors de question. Vous avez demandé si je connais le nom de l'assassin. Oui, je le connais ; mais le fait de le connaître est peu de chose, cependant, comparé à la possibilité de nous emparer de lui. Je compte pourtant le faire avant longtemps. J'ai l'espoir d'y réussir grâce aux dispositions que j'ai prises, mais c'est une entreprise où il faut agir avec précaution, car nous avons affaire à un gaillard subtil et prêt à tout que soutient, j'ai eu l'occasion de m'en rendre compte, un autre homme qui est aussi fort que lui. Tant que l'assassin ne se doutera pas que nous détenons des indices qui le désignent, il y aura une chance de le capturer, mais s'il avait le moindre soupçon, il changerait son nom et s'évanouirait en un instant parmi les quatre millions d'habitants de cette grande cité. Sans vouloir blesser vos sentiments à l'un ou à l'autre, je suis contraint de dire que je considère ces hommes comme plus forts que toute la police officielle et c'est pour cela que je n'ai pas demandé votre aide. Si j'échoue, j'encourrai naturellement tout le blâme du fait de cette omission; mais à cela je suis préparé. Pour le moment je suis prêt à vous promettre que, dès l'instant où je pourrai communiquer avec vous sans mettre en danger mes propres combinaisons, je le ferai.

Gregson et Lestrade semblaient loin d'être satisfaits de cette assurance et de l'allusion un peu dédaigneuse dont la police avait fait les frais. Le premier avait rougi jusqu'à la racine de ses cheveux filasses, cependant que les yeux en boules de loto de l'autre pétillaient de curiosité et de ressentiment. Ni l'un ni l'autre, toutefois, n'avait encore eu le temps de parler quand on frappa à la porte. Le délégué des petits galvaudeux de la rue, le jeune Wiggins, montra sa personne insignifiante et peu ragoûtante.

– S'il vous plaît, monsieur, dit-il en portant la main à son front, j'ai une voiture en bas.

– Brave garçon, dit Holmes doucement. Pourquoi n'adoptez-vous pas ce modèle à Scotland Yard ? continua-t-il en prenant dans un tiroir une paire de menottes en acier. Voyez comme le ressort joue admirablement : ça se ferme en une seconde.

– Le vieux modèle est assez bon, remarqua Lestrade, si jamais nous pouvons trouver l'homme à qui les passer.

– Très bien, très bien, fit Holmes en souriant. Le cocher pourra me donner un coup de main pour mes valises. Wiggins, demande-lui de monter.

J'étais surpris d'entendre mon compagnon parler comme s'il était sur le point de partir en voyage, puisqu'il ne m'en avait rien dit. Il y avait dans la pièce une petite valise. Il la prit et se mit à en serrer les courroies. Il y était fort occupé quand le cocher entra.

– Cocher, donnez-moi donc un petit coup de main, rien que pour boucler ça, dit Holmes sans tourner la tête.

Holmes était à genoux, penché sur sa valise. L'homme s'avança ; l'air un peu maussade et méfiant, il appuya les mains sur la valise pour l'aider. Au même instant, on entendit un déclic, un bruit de métal et tout de suite Sherlock Holmes se releva.

– Messieurs, s'écria-t-il, le regard étincelant, permettez-moi de vous présenter M. Jefferson Hope, l'assassin d'Enoch Drebber et de Joseph Stangerson.

Toute l'affaire se déroula en un moment, si vite que je n'eus pas le temps de m'en rendre compte. Je me souviens nettement de cet instant, de l'expression triomphante de Holmes, du timbre de sa voix, du visage abasourdi et sauvage du cocher pendant qu'il regardait les menottes brillantes qui venaient, comme par magie, d'encercler ses poignets. Pendant un instant ou deux on nous aurait pris pour un groupe de statues. Puis avec un rugissement de fureur, le prisonnier s'arracha à la poigne de Holmes et se précipita par la fenêtre ; les petites traverses cédèrent en même temps que les vitres, mais avant qu'il n'eût passé tout à fait de l'autre côté, Gregson, Lestrade et Holmes avaient bondi sur lui comme des chiens courants. On le ramena de force dans la chambre et alors commença une lutte terrible. Il était si fort et si furieux qu'à plusieurs reprises il fit lâcher prise aux quatre que nous étions. Il paraissait avoir la force convulsive d'un homme en pleine crise d'épilepsie. Sa figure et ses mains étaient terriblement mutilées par son passage à travers les vitres, mais la perte de sang ne diminuait en rien sa résistance. Ce ne fut que lorsque Lestrade eut réussi à enfoncer sa main derrière le col de l'homme, ce qui eut pour effet de l'étrangler à moitié, qu'il se rendit compte que ses efforts étaient inutiles, et, même alors, nous sentîmes que nous ne serions pas en sécurité tant que nous ne lui aurions pas lié les pieds aussi bien que les mains. Après quoi, nous nous relevâmes hors d'haleine et haletants.

– Nous avons sa voiture, dit Holmes. Elle nous servira pour le mener à Scotland Yard. Et maintenant, messieurs, continua-t-il avec un sourire agréable, nous sommes au bout de notre petit mystère. Vous êtes bienvenus à me poser toutes les questions qu'il vous plaira et il n'y a pas de danger que je refuse d'y répondre.

## 8

## LA GRANDE PLAINE ALCALINE

Dans la partie centrale du grand continent nord-américain s'étend un désert aride et menaçant qui, pendant de longues années, a servi de barrière à l'avance de la civilisation. De la Sierra Nevada au Nebraska, de la rivière Jaune, au nord, jusqu'au Colorado, au sud, est une région de désolation et de silence. À travers cette sinistre étendue, la nature n'est pas toujours la même. Elle comporte de majestueuses montagnes, aux sommets couronnés de neige et des vallées sombres et tristes. Il y a des rivières au cours rapide qui se précipitent entre des cañons déchiquetés et il y a d'immenses plaines, blanches de neige l'hiver et toutes grises l'été de la poussière saline de l'alcali. Toutes pourtant conservent ces caractéristiques qui leur sont communes : la stérilité, l'inhospitalité, la misère.

Il n'y a pas d'habitants sur cette terre du désespoir. Une bande d'Indiens Pawnees ou Pieds Noirs parfois la traverse afin d'aller chercher d'autres terrains de chasse, mais les plus hardis d'entre les braves sont contents de s'éloigner de ces terribles plaines et de se retrouver dans leurs prairies. Le coyote se cache parmi les broussailles, le busard vole lourdement dans l'air et le maladroit ours gris se traîne dans ses sombres ravins, se nourrissant comme il peut parmi les rochers. Ce sont les seuls habitants de ce désert.

Dans le monde entier, il ne saurait y avoir de spectacle plus lugubre que celui que l'on découvre de la pente nord de la sierra Blanca. Aussi loin que le regard peut porter, s'étend la grande plaine unie, tout empoussiérée de taches d'alcali et semée d'énormes touffes de buissons de chaparral nain. Tout à l'extrémité de l'horizon se dresse une longue chaîne de montagnes dont les sommets abrupts sont tachetés de neige. Dans cette grande étendue de terre, pas un signe de vie ni de rien qui se rapporte à la vie. Pas un oiseau dans le ciel bleu d'acier, pas un mouvement sur la terre triste et grise ; sur tout planait un silence absolu... Il n'y avait nulle part l'ombre d'un bruit dans tout cet immense désert, rien que le silence complet et déprimant.

On vient de dire qu'il n'y avait rien qui se rapportât à la vie dans cette plaine aride. Ce n'est pas absolument vrai. Quand, de la Sierra Blanca, on regarde vers le bas, on aperçoit, à travers le désert, un sentier qui serpente et se perd dans l'éloignement. Des roues y ont creusé des ornières et les pieds de nombreux aventuriers l'ont foulé. Çà et là, il est jalonné d'un grand nombre de choses blanches qui luisent au soleil et qui se détachent sur la morne couche d'alcali. Approchez, regardez ce que c'est. Ce sont des os ; ceux-ci gros et rudes, ceux-là plus petits et plus délicats. Les premiers ont appartenu à des bœufs ; les autres à des hommes. Tout du long, sur bien plus de deux mille kilomètres, on peut suivre cette effrayante route des caravanes, en repérant les restes épars de ceux qui sont tombés en chemin.

Considérant cette scène, sur ce point même se tenait, le 4 mai 1847, un voyageur solitaire. Son aspect était tel qu'il aurait pu être le génie même ou le démon de cette région. Un observateur eût éprouvé quelque difficulté pour dire s'il était plus près de quarante ans que de soixante. Son visage était maigre et farouche, sa peau brune et parcheminée était fortement tendue sur des os saillants ; ses longs cheveux noirs et sa barbe étaient striés de blanc ; ses yeux profondément enfoncés dans les orbites brûlaient d'un éclat peu naturel, et la main qui étreignait son fusil était à peine plus charnue que celle d'un squelette. Il était là, debout, appuyé sur son arme qui le soutenait ; pourtant sa haute silhouette et sa massive charpente osseuse suggéraient une constitution énergique et forte. La face décharnée, toutefois, de même que ses vêtements qui flottaient au large sur ses membres amaigris, proclamaient les raisons de cette apparence sénile et décrépite. L'homme mourait de faim et de soif.

Péniblement, il avait descendu le ravin, puis était remonté jusqu'à cette petite hauteur dans le vain espoir d'apercevoir quelques signes d'eau. Maintenant, la grande plaine de sel s'étalait devant ses yeux, avec sa ceinture sauvage de montagnes éloignées, sans nulle part le moindre signe de plante ou d'arbre qui pût révéler la présence de l'humidité. Dans tout ce grand paysage, il n'y avait pas une lueur d'espérance. De ses regards anxieux il interrogea le nord, le sud, l'est et l'ouest et comprit alors que ses courses vagabondes touchaient à leur fin et que sur ce rocher stérile il allait mourir.

– Pourquoi pas ici, aussi bien que dans un lit de plume dans vingt ans ? murmura-t-il en s'asseyant à l'ombre d'un rocher.

Avant de s'asseoir, il avait posé sur le sol son fusil inutile et aussi un gros ballot noué dans un grand châle et qu'il portait sur l'épaule droite à l'aide d'une courroie. Sa charge semblait un peu lourde pour ses forces car, en la déposant, il heurta le sol avec une certaine violence. Aussitôt, il en sortit un petit cri plaintif, et une petite figure effrayée, aux yeux bruns brillants, apparut, en même temps que deux petits poings potelés et marqués de taches de rousseur.

– Tu m'as fait mal, dit, d'un ton de reproche, une voix enfantine.

– Vraiment ? répondit l'homme avec regret. Je ne l'ai pas fait exprès.

Tout en parlant il développa le châle gris et il en sortit une jolie petite fille d'environ cinq ans, dont les souliers délicats et la coquette blouse rose, sous son petit tablier de toile, disaient les soins d'une mère. L'enfant était pâle et fatiguée, mais ses jambes et ses bras montraient qu'elle avait moins pâti que son compagnon.

– Comment ça va-t-il maintenant ? demanda-t-il, anxieux, car elle frottait encore les boucles d'or ébouriffées qui couvraient sa nuque.

– Embrasse là et guéris-le, dit-elle, avec un sérieux parfait, en lui montrant l'endroit qui lui faisait mal. C'est ça que maman faisait. Où est maman ?

– Maman est partie. Mais je crois que tu la reverras bientôt.

– Partie, hein ! C'est drôle qu'elle soit partie sans me dire au revoir. Elle me le disait toujours, même si elle n'allait que chez ma tante prendre le thé. Et il y a déjà trois jours qu'elle est partie. Dis, on a bien soif, hein ? Il n'y a donc pas d'eau ? Tu n'as donc rien à manger ?

– Non, ma chérie, il n'y a rien. Il faut que tu patientes un peu et alors tout ira bien. Mets la tête contre moi, comme cela, et tu te sentiras mieux. Ce n'est pas facile de parler quand on a les lèvres comme du cuir, mais je crois qu'il vaut mieux te dire ce qu'il en est. Qu'est-ce que tu as là ?

– De jolies choses, de belles choses ! s'écria la petite, ravie, en montrant deux fragments brillants de mica. Quand nous reviendrons chez nous, je les donnerai à mon frère Bob.

– Tu verras bientôt des choses plus belles que ça. Attends seulement un peu. J'allais te dire tout de même... Tu te rappelles quand nous avons quitté la rivière ?

– Oh ! oui.

– Eh bien ! nous comptions, vois-tu, trouver bientôt une autre rivière. Mais il y a eu quelque chose de dérangé dans la boussole ou bien dans la carte ou bien... je ne sais pas et nous n'avons pas trouvé. L'eau est devenue rare. À peine en restait-il une petite goutte pour vous, les petits, et... et...

– Et tu n'as pas pu te laver, interrompit, gravement, sa petite compagne, en regardant avec insistance le visage malpropre de son compagnon.

– Ni me laver ni boire. Et M. Bender a été le premier à partir, puis l'Indien Pete et puis Mme Mac Gregor et puis Jonny Hones et, enfin, ma chérie, ta maman.

– Alors ma maman elle est morte aussi ! s'écria la petite, en couvrant son visage de son tablier et en sanglotant amèrement.

– Oui, ils sont tous partis, excepté toi et moi. Alors j'ai cru qu'il y avait une chance de trouver de l'eau par ici ; je t'ai mise sur mon épaule et nous avons marché ensemble. Il ne paraît pas que nous ayons amélioré grand-chose et il ne nous reste plus qu'une bien petite chance à présent.

– Veux-tu dire que nous allons mourir aussi ? demanda l'enfant, cessant de sangloter et levant sa face mouillée de larmes.

– Je suppose que ça doit être quelque chose comme ça.

– Pourquoi ne l'as-tu pas dit avant ? demanda-t-elle avec un rire joyeux. Tu m'as fait si peur ! Eh bien ! si nous mourons nous irons avec maman !

– Oui, ma chérie, tu seras avec elle.

– Et toi aussi, je lui raconterai combien tu as été bon. Je parie qu'elle viendra à notre rencontre à la porte du paradis, avec un grand pot d'eau et des gâteaux de sarrasin bien chauds, bien rôtis des deux côtés, comme Bob et moi on les aime. Ça sera-t-il encore long ?

– Je ne sais pas. Pas très long.

Les yeux de l'homme considéraient l'horizon vers le nord. Dans la voûte bleue du ciel apparaissaient trois petites taches qui venaient, grandissant d'instant en instant tant elles se rapprochaient rapidement. Bientôt elles devinrent trois grands oiseaux bruns qui se mirent à tourner en cercle au-dessus de nos deux errants, puis se posèrent sur des rocs en surplomb. C'étaient des busards, les vautours de l'Ouest, dont l'apparition est le signe avant-coureur de la mort.

– Des coqs et des poules, s'écria joyeusement la fillette, désignant du doigt leurs formes de mauvais augure et frappant des mains pour les faire s'envoler… Dis-moi, est-ce que c'est Dieu qui a fait ce pays ?

– Bien sûr que c'est lui, répondit son compagnon, quelque peu surpris de cette question inattendue.

– Il a fait le pays là-bas dans l'Illinois, et il a fait le Missouri, continua la fillette. Je suppose que c'est un autre qui a fait le pays par ici. Il est loin d'être aussi bien. On a oublié l'eau et les arbres.

– Qu'est-ce que tu dirais si on faisait notre prière ? demanda l'homme avec réserve.

– C'est pas encore la nuit.

– Ça ne fait rien. Ça n'est pas tout à fait régulier, mais le Bon Dieu, ça lui est égal, je le parierais. Dis celle que tu avais l'habitude de dire chaque soir dans le chariot, quand nous étions dans les plaines.

– Pourquoi que tu ne la dis pas, toi ? demanda l'enfant, les yeux étonnés.

– Je ne m'en souviens pas. Je ne l'ai pas dite depuis que j'étais haut comme la moitié de ce fusil. Sans doute n'est-il jamais trop tard. Dis-la, et moi je serai à côté et je ferai le chœur.

– Alors faut que tu te mettes à genoux et moi aussi, dit-elle, étendant le châle à cette fin. Il faut que tu mettes tes mains comme ça. On dirait qu'on est plus sages.

C'était un spectacle étrange, s'il n'y avait eu, pour le voir, d'autres témoins que les busards. À côté l'un de l'autre sur le châle étroit, les deux errants s'agenouillèrent, la fillette bavarde et l'aventurier insouciant et endurci. La face joufflue de l'enfant et le visage anguleux et farouche de l'homme étaient tous deux levés vers le ciel sans nuages, adressant d'un cœur sincère leur supplication à l'Être redouté avec lequel ils se trouvaient face à face, cependant que leur deux voix – l'une mince et claire, l'autre profonde et rude – s'unissaient, implorant la miséricorde et le pardon. Leur prière terminée, ils prirent place de nouveau à l'ombre du roc jusqu'à ce que l'enfant s'endormît, blottie sur la large poitrine de son protecteur. Il la veilla pendant quelque temps, mais la nature se trouva trop forte pour lui. Pendant trois jours et trois nuits il ne s'était accordé ni arrêt ni répit. Lentement ses paupières s'abaissèrent sur ses yeux fatigués, sa tête se pencha de plus en plus sur sa poitrine, jusqu'à ce que la barbe grisonnante se mêlât aux tresses d'or de sa compagne, et tous les deux reposèrent d'un même sommeil profond et sans rêve.

Si l'Errant était resté éveillé une demi-heure de plus, un étrange spectacle se serait offert à ses regards. Loin, bien loin, tout au fond de la plaine alcaline, se levait un petit embrun de poussière, très léger, si léger qu'on le distinguait à peine des brumes de l'éloignement, mais qui continua de s'élever et de s'élargir jusqu'à former un nuage solide et bien défini. Ce nuage ne cessa de se développer, à tel point qu'il devint évident qu'il ne pouvait être soulevé que par une multitude de créatures en marche. Dans des endroits plus fertiles, l'observateur en serait venu à la conclusion qu'un de ces immenses troupeaux de bisons qui paissent l'herbe des prairies se rapprochait de lui. C'était une chose manifestement impossible dans ces solitudes arides et sauvages. À mesure que le tourbillon de poussière venait plus près du roc solitaire, à l'ombre duquel reposaient nos deux infortunés, les arceaux bâchés de chariots et les silhouettes de cavaliers armés commencèrent à apparaître dans la brume et à révéler bientôt qu'il s'agissait d'une grande caravane qui se dirigeait vers l'ouest. Mais quelle caravane ! La tête avait atteint déjà le pied de la montagne que l'arrière n'était pas encore visible à l'horizon. À travers la plaine immense s'étalait la file des chars et des chariots, des hommes à pied et des cavaliers. Des femmes innombrables s'avançaient d'un pas rendu pesant par leurs fardeaux ; des enfants trottinaient à côté des voitures ou regardaient de dessous les bâches. De toute évidence, ce n'était pas là une troupe d'immigrants ordinaires, mais plutôt quelque peuple nomade que les circonstances contraignaient à chercher un nouveau pays. De cette grande masse d'humanité s'élevait, dans l'air clair, un bruissement, un grondement confus auquel se mêlaient le grincement des roues et le hennissement des chevaux. Pour grand que fût ce bruit il ne suffisait pas à éveiller les deux voyageurs qui se trouvaient sur le roc, un peu en surplomb.

À la tête de la colonne s'avançaient une vingtaine d'hommes, peut-être davantage ; graves, les visages sévères, ils étaient habillés de vêtements grossiers et armés de fusils. En arrivant au pied du haut rocher, ils firent halte et tinrent entre eux une sorte de conseil.

– Les puits sont à droite, mon frère, dit un homme glabre et grisonnant, dont la bouche disait la dureté.

– À droite de la Sierra Blanca ; c'est ainsi que nous parviendrons à Rio Grande, dit un autre.

– Que l'eau ne vous inspire aucune crainte, s'écria un troisième.

– Celui qui en a fait jaillir du roc n'abandonnera pas son peuple élu.

– Amen ! Amen ! répondit tout le groupe.

Ils allaient se remettre en route quand l'un des plus jeunes, à la vue plus perçante, poussa une exclamation et du doigt montra le rocher au-dessus d'eux. À son sommet flottait un bout d'étoffe rose qui se détachait, net et brillant, devant la roche. En voyant cela, on fit arrêter tous les chevaux, on tint les fusils prêts, cependant que d'autres cavaliers, au grand galop, arrivaient en renfort. Les mots « les Peaux-Rouges » étaient sur toutes les lèvres.

– Il n'y a pas d'Indiens par ici, dit l'homme âgé qui semblait être le chef. Nous avons dépassé les Pawnees et il n'y aura pas d'autre tribu tant que nous n'aurons pas traversé les grandes montagnes.

– Irai-je de l'avant pour voir, frère Stangerson ? demanda un membre du groupe.

– Et moi ? et moi ? crièrent une douzaine de voix.

– Laissez vos chevaux ici et nous vous attendrons, répondit l'Ancien.

En un instant, les jeunes eurent mis pied à terre, attaché leurs chevaux et ils entreprirent d'escalader la pente abrupte par laquelle on accédait à l'objet qui avait excité leur curiosité. Sans bruit ils avancèrent rapidement avec la confiance et l'habileté d'éclaireurs entraînés. Ceux qui les observaient de la plaine pouvaient les voir passer de roc en roc jusqu'au moment où leurs silhouettes se détachèrent contre la ligne du ciel. Le jeune homme, qui le premier avait donné l'alarme, les conduisait. Soudain ses compagnons, derrière lui, le virent jeter les bras en l'air comme si la surprise était trop forte et quand ils le rejoignirent, ils ne furent pas moins étonnés que lui de la scène qui s'offrait à leurs yeux.

Sur le petit plateau qui couronnait la colline aride, se dressait en solitaire un roc géant, contre lequel était couché un grand homme, barbu, aux traits tirés et amaigris à l'extrême. Son visage calme et sa respiration régulière montraient qu'il dormait profondément. À côté de lui, reposait une fillette dont les petits bras potelés et blancs enserraient le cou brun et nerveux de l'homme; sa tête aux cheveux dorés reposait sur la veste de velours dont était recouverte la poitrine du dormeur. Entrouvertes, les lèvres roses de l'enfant laissaient voir la ligne régulière de ses dents blanches; un sourire jouait sur ses traits enfantins. Ses petites jambes blanches et rondes, chaussées de bas et de mignons souliers aux boucles brillantes, offraient un étrange contraste avec les membres longs et secs de son compagnon. Au sommet du rocher, dominant cet étrange couple, trois énormes busards trônaient, solennels. À la vue des nouveaux venus, ils poussèrent de rauques cris de déception, puis, sans attendre, s'envolèrent lourdement et sans bruit.

Les cris des sinistres oiseaux réveillèrent les dormeurs qui regardèrent autour d'eux avec un indicible étonnement. L'homme se mit debout en chancelant et contempla la plaine, si vide quand le sommeil l'avait surpris et maintenant grouillante d'une masse d'hommes et d'animaux. Tout en regardant, une expression d'incrédulité se peignit sur son visage et il passa sa main osseuse sur ses yeux.

– Je suppose que c'est ce qu'on appelle le délire, murmura-t-il.

La fillette était debout à côté de lui; elle tenait le pan de son tablier, sans rien dire, mais elle tournait de tous les côtés ses yeux étonnés et interrogateurs.

Le groupe des sauveteurs arriva bientôt à convaincre les deux errants que leur apparition n'était pas une illusion. L'un d'eux prit la fillette, la hissa sur son épaule, tandis que deux autres soutenaient son compagnon affaibli et l'aidaient à gagner les chariots.

– Mon nom est Jean Ferrier, expliqua le vieillard, moi et la petite, nous sommes tout ce qui reste de vingt et une personnes. Les autres sont morts de faim et de soif, là-bas, dans le Sud.

– Est-ce ta fille ? demanda quelqu'un.

– Je suppose qu'elle est à moi, maintenant, s'écria l'autre, comme avec défi. C'est mon enfant parce que je l'ai sauvée. Personne ne me la prendra. À partir d'aujourd'hui et pour toujours, elle est Lucie Ferrier. Mais vous autres, qui êtes-vous ? (Et d'un œil curieux il considérait ses sauveteurs, des gars solides et hâlés par le soleil.) Vous avez l'air joliment nombreux !

– Près de dix mille, dit un des jeunes hommes ; nous sommes les enfants persécutés de Dieu, les élus de l'ange Merona.

– Je n'en ai jamais entendu parler, dit le vieillard. Il semble en avoir élu pas mal.

– Ne plaisante pas avec ce qui est sacré, dit l'autre sévèrement. Nous sommes de ceux qui croient en ses saintes écritures qui, tracées en caractères égyptiens sur des plaques d'or frappé, nous ont été transmises par le saint Joseph Smith, à Palmyre. Nous venons de Mauvoo, dans l'État de L'Illinois, où nous avions bâti notre temple. Nous sommes venus chercher un refuge, loin des hommes violents et sans Dieu, quand nous devrions le trouver au cœur même du désert.

Le nom de Mauvoo rappelait évidemment quelques souvenirs à Jean Ferrier.

– Je vois ; vous êtes les mormons, dit-il.

– Nous sommes les mormons, répondirent d'une même voix ses compagnons.

– Et où allez-vous ?

– Nous ne le savons pas. La main de Dieu nous conduit en la personne de notre nouveau prophète. Il faut que tu comparaisses devant lui. Il dira ce qu'il faut faire de toi.

Ils avaient, à ce moment-là, atteint le pied de la colline et ils étaient entourés par la foule de pèlerins ; des femmes aux visages pâles et à l'air doux ; des enfants forts et rieurs ; des hommes anxieux, aux yeux graves. Nombreux furent les cris d'étonnement et de pitié qui s'élevèrent quand ils s'aperçurent de la jeunesse de l'un, de la vieillesse et de l'état d'épuisement de l'autre des deux étrangers. Leur escorte, pourtant, ne fit point halte, mais continua sa route, suivie par une multitude de mormons, jusqu'à ce qu'ils fussent arrivés devant un chariot que ses dimensions, son brillant et son élégance distinguaient entre tous. Il était attelé de six chevaux, tandis que les autres n'en avaient que deux, ou tout au plus quatre. À côté du conducteur était assis un homme qui ne devait guère avoir plus de trente ans, mais que sa tête massive et son expression résolue désignaient comme un conducteur d'hommes. Il lisait un livre au dos brun, mais, quand la foule s'approcha, il le mit de côté pour écouter avec attention le récit de l'épisode. Il se tourna ensuite vers les deux Errants.

— Si nous vous prenons avec nous, dit-il, ce ne peut être que comme des fidèles de notre croyance. Nous ne voulons pas de loups dans notre bergerie. Mieux vaudrait que vos os blanchissent dans ce désert que vous ne soyez parmi nous cette petite tache, cette tache qui, avec le temps, corrompt le fruit tout entier. Voulez-vous venir avec nous dans ces conditions-là ?

— Comptez que je viendrai à n'importe quelle condition, dit Ferrier, avec une telle emphase que les graves Anciens eux-mêmes ne purent réprimer un sourire.

Seul le chef garda son visage sévère impassible.

— Prends-le, frère Stangerson, dit-il, donne-lui à manger et à boire, et à l'enfant aussi. Que ce soit ta tâche aussi de lui enseigner notre sainte croyance. Nous nous sommes attardés assez longtemps. En avant ! Marchons ! Marchons vers Sion !

— Marchons ! Marchons vers Sion ! répéta la foule des mormons, et les mots roulèrent tout au long de la caravane, passant de bouche en bouche pour aller mourir au loin en un vague murmure.

Fouets claquant et roues grinçant, le grand chariot s'ébranla et bientôt toute la caravane, une fois de plus, s'en allait en serpentant dans la plaine. L'Ancien à qui le soin des deux épaves avait été commis les mena à son chariot où déjà les attendait un repas.

— Vous demeurerez ici, dit-il. Dans quelques jours vous serez remis de vos fatigues. En attendant, n'oubliez pas que vous êtes maintenant et pour toujours membres de notre religion. Brigham Young l'a dit, et il a parlé par la voix de Joseph Smith, qui est la voix de Dieu.

# 9

## LA FLEUR DE L'UTAH

Ce n'est pas ici le lieu de rapporter les épreuves et les privations endurées par les immigrants mormons avant d'arriver au havre final. Des rivages du Mississippi aux pentes occidentales des montagnes Rocheuses, ils durent lutter sans arrêt avec une constance presque sans pareille dans l'histoire. L'homme sauvage et la bête féroce, la faim, la soif, la fatigue, la maladie, outre tous les obstacles que la Nature pouvait placer sur leur chemin, tous furent domptés par leur ténacité d'Anglo-Saxons. Pourtant, le long voyage et les terreurs accumulées avaient ébranlé les cœurs les plus forts. Il n'y en eut pas un qui ne tombât à genoux pour murmurer une fervente prière quand ils aperçurent, à leurs pieds, la grande vallée d'Utah, toute baignée de la lumière du soleil et quand ils apprirent de la bouche de leur chef que c'était là la terre promise et que ces terrains vierges seraient à jamais leurs.

Young prouva rapidement qu'il était administrateur habile autant que chef résolu. On dressa des cartes, on fit des plans, on esquissa la ville future. On divisa les terres, on les répartit suivant la situation de chaque individu. Au commerçant son commerce, à l'artisan sa profession. On asséccha la campagne, on abattit les arbres, on planta des haies et l'été suivant vit le sol couvert d'une riche moisson dorée. Tout prospéra dans cette étrange colonie. Et surtout, le grand temple que l'on avait érigé au centre de la ville devenait de jour en jour plus haut et plus vaste. Dès les premiers feux de l'aurore et jusqu'après le crépuscule, on entendait sans cesse frapper les marteaux et grincer les scies à l'intérieur du monument qu'érigeaient au Seigneur ceux qu'il avait conduits en sûreté à travers tant de dangers.

Les deux épaves, Jean Ferrier et la fillette qui avait partagé son sort et qu'il avait adoptée, accompagnèrent les mormons jusqu'au terme de leur long pèlerinage. La petite Lucie Ferrier avait été transportée assez agréablement dans le chariot de l'Ancien Stangerson, retraite qu'elle partageait avec les trois femmes du mormon et son fils, précoce et volontaire garçon de douze ans. Avec le ressort de l'enfance elle s'était remise du choc que lui avait causé la mort de sa mère et bientôt, devenue la favorite choyée des femmes, elle s'était fort bien accommodée de la vie qu'elle menait dans sa maison couverte de bâches. Ferrier, cependant, remis lui aussi de ses privations, se faisait remarquer comme un guide utile et un chasseur infatigable.

Il gagna si rapidement l'estime de ses nouveaux compagnons que, quand ils parvinrent au terme de leur voyage, on convint, à l'unanimité, de lui accorder une étendue de terrain aussi grande que celle des plus favorisés, exception faite pour Young lui-même et pour Stangerson, Kimball, Johnston et Drebber qui étaient les quatre principaux Anciens.

Sur ce lopin ainsi obtenu, Jean Ferrier se bâtit une solide maison de bois à laquelle, dans les années suivantes, il ajouta tant qu'elle se transforma en une villa spacieuse. C'était un homme d'un tour d'esprit pratique, vif en tout ce qu'il faisait et habile aux travaux manuels. Sa constitution de fer lui permettait de travailler du matin au soir à améliorer et à cultiver ses terres. De ce fait, il advint que sa ferme et tout ce qui lui appartenait furent bientôt en pleine prospérité. En trois ans, il était mieux nanti que tous ses voisins ; au bout de six ans, il connaissait l'aisance, au bout de neuf ans, il était riche et quand douze ans se furent écoulés, il n'y avait pas, dans tout Salt Lake City, une douzaine d'hommes capables de se comparer à lui. De la grande mer intérieure jusqu'aux lointaines montagnes de Wasah il n'existait pas non plus un homme qui eût une meilleure réputation que Jean Ferrier.

Il y avait une chose et il n'y en avait qu'une qui, chez lui, blessait la susceptibilité de ses coreligionnaires. Ni raisonnement ni persuasion ne purent jamais l'amener à installer, suivant la coutume de ses compagnons, des femmes dans sa maison. Il ne donnait aucune raison de ce refus persistant, mais il se contentait de rester fermement attaché à sa résolution. Les uns l'accusaient de tiédeur pour la religion qu'il avait adoptée ; d'autres attribuaient cette résolution au désir de s'enrichir, qui le poussait à éviter des dépenses supplémentaires. D'autres enfin parlaient d'une intrigue amoureuse, d'une belle fille aux cheveux blonds qui était morte d'amour sur les rivages de l'Atlantique. Quelle qu'en fût la raison, Ferrier demeurait strictement célibataire. Sous tous les autres rapports, il se conforma à la religion de la jeune colonie et mérita la réputation d'être orthodoxe et juste.

Lucie Ferrier grandissait dans la maison de bois et aidait son père adoptif dans toutes ses entreprises. L'air vif des montagnes et l'odeur balsamique des sapins lui furent infiniment salutaires. À mesure que les années s'écoulaient elle devenait plus grande et plus forte, sa joue plus colorée, son pas plus élastique. Maint voyageur, sur la grand-route qui courait le long de la ferme de Ferrier, sentait renaître en son esprit des pensées depuis longtemps oubliées, lorsqu'il voyait la souple silhouette de jeune fille s'avancer légèrement dans les champs de froment, ou lorsqu'il la rencontrait, montée sur le mustang de son père qu'elle maîtrisait avec toute l'aisance et la grâce d'un véritable enfant de l'Ouest. Ainsi le bouton s'épanouit en une fleur et l'année qui vit son père devenir le plus riche des fermiers fit d'elle un aussi beau spécimen de jeunesse américaine qu'on pouvait trouver sur toute la côte du Pacifique.

Ce ne fut pas le père, pourtant, qui découvrit le premier que la fillette s'était métamorphosée en femme. Il en est d'ailleurs rarement ainsi. Ce changement mystérieux est trop subtil, trop gradué pour qu'on le mesure par des dates. La jeune fille l'ignore encore plus elle-même, jusqu'au jour où le timbre d'une voix, le toucher d'une main fait vibrer son cœur et où elle apprend, avec un mélange d'orgueil et de crainte, qu'une nature nouvelle et plus grande s'est éveillée en elle. Il y en a bien peu qui ne puissent évoquer ce jour et se rappeler ce petit incident qui annonçait l'aurore d'une vie nouvelle. Dans le cas de Lucie Ferrier, l'occasion fut assez sérieuse en elle-même – sans parler de l'influence qu'elle devait avoir sur sa destinée et sur nombre d'autres.

C'était par un chaud matin de juin et les Saints des Derniers Jours étaient aussi affairés que les abeilles dont ils ont pris les ruches comme emblème. Des champs et des rues, montait le même bourdonnement d'activité humaine. Le long des grand-routes poussiéreuses défilaient les interminables cortèges de mules lourdement chargées, tous en direction de l'ouest, car la fièvre de l'or venait d'éclater en Californie et la voie qui y menait traversait la Cité des Élus. Il y avait encore des troupeaux de moutons et de jeunes bœufs qui rentraient des pâturages éloignés et aussi de nombreux immigrants, hommes et chevaux également fatigués de leur long voyage. À travers ce rassemblement bariolé, se frayant un chemin avec l'adresse d'un parfait cavalier, galopait Lucie Ferrier, le feu aux joues et sa longue chevelure châtaine flottant au vent. Elle avait de son père une commission pour la ville et elle allait, à toute allure, comme elle l'avait fait maintes fois déjà, avec toute l'intrépidité de la jeunesse, ne pensant qu'à sa tâche et à la façon de s'en acquitter. Les aventuriers, couverts de la poussière du voyage, la regardaient étonnés et les impassibles Indiens eux-mêmes, transportant leurs pelleteries, oubliaient un instant leur laconisme habituel pour s'émerveiller de la beauté de cette fille des Visages Pâles.

Elle avait atteint les environs de la ville quand elle trouva la route bloquée par un grand troupeau de bestiaux que menaient une demi-douzaine de bouviers venus de la plaine. Dans son impatience, elle s'efforça de franchir cet obstacle en poussant son cheval dans ce qui lui semblait être une ouverture. À peine s'y fut-elle engagée, toutefois, que les animaux se rapprochèrent et qu'elle se trouva complètement encerclée dans le flot mouvant des bouvillons aux yeux de feu et aux longues cornes. Habituée comme elle l'était à s'occuper des bestiaux, elle ne s'alarma pas de la situation, mais profita de toutes les occasions qui s'offraient pour progresser à travers le long cortège. Malheureusement, les cornes de l'une des bêtes, soit par accident, soit par vice, entrèrent en contact violent avec le flanc de son cheval et le rendirent furieux. En un instant, il se dressa droit sur ses pattes de derrière ; en une sorte de rage, il se cabra, secouant la tête de telle façon qu'il aurait jeté bas un cavalier moins adroit. La situation était pleine de danger. Chaque plongeon du cheval irrité le ramenait contre les cornes et l'excitait à plus de rage encore. C'était tout ce que la jeune fille pouvait faire que de rester en selle ; la moindre glissade eût amené une mort épouvantable sous les sabots des animaux effrayés et ingouvernables. Comme elle était peu habituée à de soudaines alarmes, la tête commença de lui tourner et sa maîtrise de la bride devint moins autoritaire. Étouffée par le nuage de poussière et par la buée qui se dégageait du mouvement des animaux déchaînés, elle eût, de désespoir, renoncé à se sauver, si une voix bienveillante, à son côté, ne lui eût apporté le secours nécessaire. En même temps une main brune et nerveuse saisit l'animal effrayé par la gourmette et, se frayant un chemin à travers le troupeau, amena bientôt la jeune fille aux faubourgs de la ville.

– Vous n'êtes pas blessée, j'espère, mademoiselle, dit son sauveur avec respect.

Elle leva les yeux vers son visage bronzé et énergique et se mit à rire.

– J'ai eu terriblement peur, dit-elle. Qui aurait pensé que Poncho serait si effrayé par un troupeau de vaches ?

– Dieu merci, vous êtes restée en selle, dit l'autre gravement.

C'était, monté sur un fort cheval rouan, un jeune et grand gaillard à l'air sauvage, vêtu d'un solide costume de chasse ; il portait un long fusil en bandoulière.

– Je suppose que vous êtes la fille de Jean Ferrier, remarqua-t-il. Je vous ai déjà vue quitter sa maison à cheval. Quand vous le verrez, demandez-lui s'il se rappelle Jefferson Hope, de Saint-Louis. Si c'est le même Ferrier, mon père et lui ont été assez amis.

– Ne feriez-vous pas mieux de venir vous en informer vous-même ?

Le jeune homme parut enchanté de cette suggestion faite d'un air très posé, et ses yeux brillèrent de plaisir.

– Je le veux bien, mais nous venons de passer deux mois dans les montagnes et nous ne sommes pas tout à fait dans la tenue qui convient pour faire des visites. Il faudra qu'il nous prenne comme nous sommes.

– Il vous doit de grands remerciements et moi aussi. Il m'aime beaucoup, beaucoup ; et si ces vaches m'avaient piétinée, il ne s'en serait pas remis.

– Ni moi non plus.

– Vous ? Je ne crois pas que ça vous ferait grand-chose ; vous n'êtes même pas de nos amis.

À cette remarque, le visage brun du jeune chasseur devint si sombre que Lucie Ferrier en rit tout haut.

– Là ! je ne voulais pas dire ça. Bien sûr, vous êtes un ami maintenant. Il faudra venir nous voir, mais je dois filer, sans cela mon père n'aura plus confiance en moi pour ses affaires. Au revoir !

– Au revoir ! dit-il en levant son large sombrero et en s'inclinant sur sa petite main tendue.

Elle fit faire demi-tour à son cheval, lui donna un coup de sa cravache et partit au galop dans un mouvant torrent de poussière.

Sombre et taciturne, le jeune Jefferson Hope continua sa route avec ses compagnons. Ils revenaient tous des montagnes de la sierra Nevada où ils prospectaient l'argent et ils rentraient à Salt Lake City dans l'espoir de trouver assez de capitaux pour exploiter les gisements qu'ils avaient découverts. Jefferson s'était passionné autant que les autres pour cette affaire jusqu'à ce que cet incident inattendu eût changé le cours de ses pensées. La vue de la belle jeune fille, aussi fraîche et saine que les brises de la sierra, avait remué jusqu'en ses profondeurs son cœur volcanique et indompté. Quand elle eut disparu, il se rendit compte qu'une crise venait de se produire dans son existence et que ni les spéculations ni aucune autre question n'auraient jamais pour lui une importance comparable au problème nouveau et absorbant qui se posait à partir d'aujourd'hui.

L'amour qui venait de jaillir dans son cœur n'était pas le caprice soudain et changeant d'un jeune homme, mais plutôt la passion sauvage et farouche d'un homme à la volonté forte, et au caractère impérieux. Il avait l'habitude de toujours réussir dans tout ce qu'il entreprenait. Il se jura en son cœur qu'il n'échouerait pas en cette entreprise s'il dépendait de la persévérance et des efforts de l'homme d'en assurer le succès.

Ce soir-là, il rendit visite à Jean Ferrier, et puis maintes autres fois encore, si bien que son visage devint familier à la ferme. Jean, confiné dans la vallée, absorbé par son travail, n'avait eu que peu de chances d'apprendre les nouvelles de l'extérieur durant les douze dernières années. Toutes ces nouvelles, Jefferson Hope était en mesure de les lui dire et cela d'une manière qui passionnait Lucie autant que son père. Il avait été pionnier en Californie et savait maintes étranges histoires de fortunes acquises ou perdues pendant ce laps de temps. Il avait été aussi éclaireur, trappeur, prospecteur et homme de ranch. Partout où se trouvaient des aventures passionnantes, Jefferson était allé, les avait recherchées. Il devint vite le favori du vieux fermier qui vantait avec éloquence ses qualités. Dans ces circonstances, Lucie gardait le silence mais la rougeur de ses joues et l'éclat de ses yeux ne montraient que trop clairement que son jeune cœur ne lui appartenait plus. Peut-être son brave homme de père ne remarquait-il pas ces symptômes, mais ils n'étaient pas perdus pour celui qui avait gagné son affection.

Un soir d'été, Jefferson Hope, arrivant au galop, s'arrêta à la porte de la ferme. Lucie se tenait sur le seuil et s'avança à sa rencontre. Il jeta la bride de son cheval par-dessus la barrière et à grands pas remonta l'allée.

– Lucie, je m'en vais, dit-il en prenant ses deux mains dans les siennes et en la considérant avec tendresse. Je ne veux pas te demander de venir avec moi à présent, mais seras-tu prête à venir avec moi quand je serai de retour ?

– Et quand, ce retour ? demanda-t-elle, rougissante et rieuse.

– Dans deux mois, tout au plus. Je viendrai te demander alors, ma chérie, et il n'y a personne qui pourra se mettre entre nous.

– Et mon père ? demanda-t-elle.

– Il a donné son consentement, à condition que nous mettions ces mines en exploitation, et je n'ai aucune crainte de ce côté.

– Oh ! alors bien sûr ! Si papa et toi avez tout arrangé, il n'y a plus rien à dire, et, en murmurant ces mots, elle posa sa joue contre la large poitrine du jeune homme.

– Dieu merci ! dit-il en se penchant et en l'embrassant. Voilà qui est réglé. Plus longtemps je m'attarderai et plus dur cela me semblera de m'en aller. On m'attend là-bas au convoi. Au revoir, ma chérie, ma chérie à moi, au revoir ! Dans deux mois, je te reviendrai.

Il s'arracha à elle et, tout en parlant, sauta sur son cheval, puis il s'en fut, galopant à bride abattue, sans même se retourner, comme s'il craignait que sa résolution de partir ne vacillât s'il jetait ne fût-ce qu'un regard sur ce qu'il quittait. Quant à elle, elle resta devant la porte de la ferme, à le regarder jusqu'à ce qu'il eût disparu ; après quoi elle rentra dans la maison, la plus heureuse des filles de l'Utah.

# 10

## JEAN FERRIER S'ENTRETIENT
## AVEC LE PROPHÈTE

Trois semaines s'étaient écoulées depuis que Jefferson Hope était parti de Salt Lake City. Le cœur de Jean Ferrier se serrait quand il pensait au retour du jeune homme et à la perte imminente de sa fille adoptive. Pourtant le visage heureux et illuminé de celle-ci le réconciliait avec ces accordailles mieux que ne l'aurait fait aucun argument. Tout au fond de son cœur, il avait toujours décidé que rien n'arriverait jamais à le persuader de lui laisser épouser un mormon. Un mariage de ce genre, à ses yeux, n'en était pas un, mais c'était un déshonneur et une honte. Quoi qu'il pensât de l'ensemble de la doctrine des mormons, sur ce seul point il était inflexible. Toutefois il devait sceller ses lèvres sur ce sujet, car exprimer une opinion qui ne fût pas orthodoxe était alors une chose dangereuse, dans le Pays des Saints.

Oui, une chose dangereuse – si dangereuse que même les plus vertueux n'osaient murmurer leurs opinions religieuses qu'à voix très basse, de peur qu'un mot tombé de leurs lèvres ne fût mal interprété et ne provoquât un prompt châtiment. Les victimes de la persécution étaient, à leur tour, devenues des persécuteurs et les plus terribles des persécuteurs. Ni l'Inquisition espagnole, ni la Wehmgericht allemande, ni les sociétés secrètes italiennes n'avaient pu mettre en branle une machine plus formidable que celle dont l'ombre planait sur le territoire de l'Utah.

Son invisibilité et le mystère qui s'y attachait rendaient cette organisation doublement terrible. Elle semblait omnisciente et omnipotente, et pourtant on ne la voyait ni ne l'entendait. L'homme qui était hostile à l'Église disparaissait et nul ne savait où il était allé ni ce qui lui était arrivé. Sa femme et ses enfants l'attendaient au foyer, mais nul père n'était jamais revenu pour dire comment l'avaient traité ses juges secrets. Un mot téméraire ou une action irréfléchie amenait une immédiate suppression et nul ne savait quelle était la nature de cette force menaçante suspendue au-dessus de tous. On ne s'étonnera donc pas que ces hommes fussent pénétrés de tant de crainte que, même au cœur du désert, ils n'osaient murmurer les doutes qui les tourmentaient.

Tout d'abord cette puissance vague et terrible s'exerça sur les récalcitrants qui, après avoir embrassé la religion mormone, désiraient la modifier ou l'abandonner. Bientôt, cependant, elle élargit son champ d'action. Le nombre de femmes adultes diminua ; or la polygamie, sans une réserve de femmes où l'on pût puiser, devenait, en vérité, une doctrine sans portée. D'étranges rumeurs commencèrent à circuler – on parlait d'immigrants assassinés, de camps pillés en des parages où les Indiens ne s'étaient jamais montrés. De nouvelles femmes apparaissaient dans les harems des Anciens – des femmes qui languissaient et pleuraient et qui portaient sur leurs visages les marques d'une horreur indélébile. Des voyageurs attardés dans les montagnes parlaient de bandes d'hommes armés et masqués qui passaient, rapides et silencieux, dans l'obscurité. Ces récits, ces rumeurs prirent peu à peu substance et forme et furent si bien confirmés et corroborés qu'un jour on leur donna un nom bien défini. Aujourd'hui encore, dans les ranches solitaires de l'Ouest, le nom des Anges Vengeurs est sinistre et de mauvais augure.

Une connaissance plus complète de l'organisation, à laquelle il y avait lieu d'imputer ces résultats terribles, augmenta l'horreur qu'elle inspirait. Personne ne savait qui faisait partie de cette impitoyable société. Les noms de ceux qui participaient à ces actes sanguinaires ou violents qu'on commettait au nom de la religion étaient gardés avec le plus profond secret. L'ami même à qui on confiait ses doutes à l'égard du prophète et de sa mission était peut-être de ceux qui, le soir, viendraient, par le fer et par le feu, exiger une terrible réparation. Il s'ensuivait que chacun redoutait son voisin et que personne ne parlait des choses qui lui tenaient le plus au cœur.

Un beau matin, Jean Ferrier se préparait à aller inspecter ses champs de froment quand il entendit le déclic du loquet de la barrière. En regardant par la fenêtre, il aperçut un homme entre deux âges, un solide gaillard, aux cheveux roux, qui suivait l'allée. Son cœur ne fit qu'un bond, car c'était le grand Brigham Young lui-même. Plein de crainte, Ferrier qui savait qu'une visite de ce genre n'annonçait pas grand-chose de bon, courut à la porte pour saluer le chef mormon. Celui-ci, cependant, accueillit son salut froidement et, le visage sévère, le suivit dans la salle à manger.

– Frère Ferrier, dit-il en prenant un siège et en le regardant intensément, par-dessous ses cils clairs, les vrais croyants ont été pour vous de bons amis. Nous vous avons recueilli quand vous mouriez de faim dans le désert, nous avons partagé notre nourriture avec vous, nous vous avons conduit sain et sauf dans la Vallée des Élus, nous vous avons donné une bonne part de la terre et nous vous avons permis de vous enrichir, sous notre protection. N'est-ce pas vrai ?

– C'est vrai.

– En échange de tout cela nous n'avons posé qu'une condition : c'était que vous embrassiez la vraie foi et que vous vous conformiez en tout à ses usages. Cela, vous avez promis de le faire, et cela, si ce qu'on me rapporte est vrai, vous l'avez négligé.

– Et en quoi l'ai-je négligé ? (Et Ferrier jetait les mains en avant, comme pour protester.) N'ai-je pas donné au fonds commun ? N'ai-je pas fréquenté le temple ?

– Où sont vos femmes ? demanda Young, regardant autour de lui. Faites-les venir que je les salue.

– Il est vrai que je ne me suis pas marié. Mais les femmes étaient rares et il y avait beaucoup d'hommes qui avaient de meilleurs droits que les miens. Je n'étais pas seul ; j'avais ma fille pour veiller à mes besoins.

– C'est de cette fille que je voudrais vous parler. Elle a grandi ; elle est devenue la fleur de l'Utah et beaucoup d'hommes haut placés dans notre terre l'on regardée d'un œil favorable.

Ferrier gémit intérieurement.

– Il y a des histoires qui courent sur son compte, des histoires que je voudrais bien ne pas croire ; on dit qu'elle est promise à un Gentil quelconque. Ce doit être là le bavardage de langues oisives. Quelle est la treizième règle du code du très saint Joseph Smith ? « Que toute fille de la vraie foi épouse un des Élus, car si elle épouse un Gentil, elle commet un péché grave. » Ceci étant, il est impossible que vous, qui professez la sainte croyance, vous permettiez à votre fille de la violer.

Jean Ferrier ne répondit pas, mais il jouait nerveusement avec sa cravache.

– Sur cet unique point on éprouvera votre foi – ainsi en a-t-il été décidé par le Sacré Collège des Quatre. La fille est jeune et nous ne voudrions pas qu'elle épouse une tête blanche ; nous ne voudrions pas non plus l'empêcher de choisir. Nos Anciens ont de nombreuses génisses[1], mais nos enfants aussi doivent être pourvus. Stangerson a un fils et Drebber a un fils, et tous les deux accueilleraient avec joie votre fille dans leur maison. Qu'elle choisisse entre eux. Ils sont jeunes et riches et appartiennent à la vraie foi. Qu'avez-vous à dire à cela ?

Ferrier demeura quelque temps silencieux, le front plissé.

– Vous me donnerez le temps, dit-il enfin, ma fille est très jeune – elle est à peine d'âge à se marier.

– Elle aura un mois pour choisir, dit Young en se levant. À l'expiration de ce temps, elle devra donner sa réponse.

Il franchissait la porte quand il se retourna, le visage écarlate et les yeux flamboyants.

– Il vaudrait mieux pour vous, Jean Ferrier, dit-il d'une voix de tonnerre, qu'elle et vous gisiez maintenant, à l'état de squelettes blanchis, sur la sierra Blanca, que d'opposer vos faibles volontés aux injonctions des Quatre Saints.

Avec un geste menaçant, il s'éloigna de la porte et Ferrier entendit son pas pesant qui écrasait les graviers de l'allée.

Il était encore assis, les coudes sur les genoux, en train de se demander comment il en parlerait à sa fille, quand une douce main se posa sur la sienne. Levant les yeux, il la vit debout à côté de lui. Un seul regard sur son visage effrayé lui révéla qu'elle avait entendu ce qui s'était passé.

– Je n'ai pas pu faire autrement, dit-elle en réponse à sa question muette. La voix de cet homme retentissait par toute la maison. Oh ! père, père ! Que ferons-nous ?

– Ne t'alarme pas, répondit-il, l'attirant à lui et, de sa large et rude main, caressant ses cheveux châtains. Nous arrangerons ça d'une façon ou d'une autre. Tu n'as pas envie, n'est-ce pas, de t'abaisser devant cet individu ?

Un sanglot et une pression de la main furent sa seule réponse.

---

1. Dans un de ses sermons, Heber C. Kimbal fait allusion à cent femmes avec ce terme d'affection.

– Non, bien sûr, et je n'aimerais pas t'entendre dire le contraire. Jefferson est le garçon qui te convient et c'est un chrétien, ce qui vaut mieux que tous ceux-là, malgré leurs prières et leurs prédications. Il y a demain un groupe qui part pour la Nevada, je m'arrangerai pour lui envoyer un message et lui faire savoir dans quel pétrin nous sommes. Si je connais un peu ce jeune homme, il se hâtera de revenir à une vitesse qui battra le télégraphe.

À travers ses larmes, Lucie rit de la comparaison que faisait son père.

– Quand il reviendra il nous donnera les meilleurs conseils. Mais c'est pour toi que j'ai peur, papa chéri ; on entend raconter des histoires si terribles à propos de ceux qui résistent au prophète ; il leur arrive toujours des choses épouvantables.

– Mais nous ne lui avons pas résisté encore, répondit le père. Il sera toujours temps de s'attendre à la bourrasque quand nous lui résisterons. D'ici là nous avons un grand mois ; après cela, je suppose que nous ferons bien de nous éclipser de l'Utah.

– Quitter l'Utah ?

– Ça m'en a tout l'air.

– Mais la ferme ?

– Je réaliserai le plus d'argent possible et j'abandonnerai le reste. À dire vrai, ma Lucie, ce n'est pas la première fois que j'ai pensé à le faire. Je n'aime pas me courber devant quelqu'un, comme tous ces gens-là le font devant leur prophète. Je suis un Américain libre et, pour moi, tout cela est nouveau. Je suppose que je suis trop vieux pour apprendre. S'il vient du côté de la ferme, il pourrait bien risquer de se trouver en face d'une charge de chevrotines.

– Mais on ne nous laissera pas partir, objecta sa fille.

– Attends que Jefferson arrive et nous arrangerons cela. D'ici là ne t'inquiète pas, chérie, et n'aie pas les yeux gonflés, sans quoi il me grondera quand il te verra. Il n'y a rien dont il faille avoir peur et il n'y a pas de danger.

Jean Ferrier prononça ces paroles consolantes d'un ton confiant, mais Lucie ne put pas ne pas remarquer qu'il ferma les portes ce soir-là avec plus de soin que d'habitude et qu'il chargea le vieux fusil rouillé qu'il gardait accroché au mur de sa chambre à coucher.

## 11

### LE SALUT PAR LA FUITE

Le matin qui suivit son entrevue avec le prophète mormon, Jean Ferrier se rendit à Salt Lake City où il vit l'ami qui partait pour les montagnes de la Nevada et lui confia, à l'intention de Jefferson Hope, un message dans lequel il disait au jeune homme quel danger les menaçait et combien il était urgent qu'il revînt. Cela fait, il se sentit l'esprit plus à l'aise et rentra chez lui, le cœur plus léger.

En approchant de sa ferme il fut surpris de voir un cheval attaché à chacun des poteaux de la grande porte. Il fut encore plus surpris de trouver, en entrant, deux jeunes hommes en possession de sa salle à manger. L'un, au long visage pâle, était vautré dans un fauteuil à bascule et il avait posé les pieds sur le poêle. L'autre, un jeune homme au cou de taureau, aux traits grossiers et mafflus, était debout face à la fenêtre, les mains aux poches et il sifflotait un cantique bien connu. Tous les deux inclinèrent la tête quand Ferrier entra et celui qui était allongé dans le fauteuil entama la conversation.

– Peut-être ne nous connaissez-vous pas, dit-il. Voici le fils de l'Ancien Drebber et moi je suis Joseph Stangerson ; j'ai voyagé avec vous quand le Seigneur a étendu sa main sur vous et vous a ramené au vrai bercail.

– Comme il y ramènera toutes les nations, à l'heure de son choix, dit l'autre d'une voix nasillarde. Il moud lentement, mais la farine est d'une finesse extrême.

Jean Ferrier s'inclina froidement. Il avait deviné quels étaient ses visiteurs.

– Nous sommes venus, continua Stangerson, sur le conseil de nos pères pour solliciter la main de votre fille pour celui de nous deux à qui il vous plaira, à elle comme à vous, de l'accorder. Je n'ai que quatre femmes et le Frère Drebber en a sept ; il m'apparaît donc que mon droit est plus fort que le sien.

– Non ! non ! frère Stangerson, s'écria l'autre. La question, ce n'est pas combien nous avons de femmes, mais combien nous pouvons en entretenir. Mon père vient de me donner ses moulins et je suis le plus riche de nous deux.

– Mais mes espérances valent mieux, dit l'autre avec chaleur. Quand le Seigneur rappellera mon père, j'aurai sa tannerie et sa fabrique de cuirs. Alors je serai ton Ancien et ton supérieur en dignité dans l'Église.

– Ce sera à la jeune fille de décider, répliqua le jeune Drebber souriant à sa propre image dans la glace. Nous laisserons tout à sa décision.

Pendant ce dialogue, Jean Ferrier était resté debout dans l'encadrement de la porte, furieux, ne se retenant qu'avec peine d'appliquer sa cravache aux dos de ses visiteurs.

– Écoutez, dit-il enfin, en s'avançant vers eux. Quand ma fille vous appellera, vous pourrez venir. Jusque-là je désire ne pas revoir vos figures.

Les deux jeunes mormons le regardèrent, abasourdis. À leurs yeux, cette compétition pour la main de la jeune fille était le plus grand honneur que l'on pût faire au père et à l'enfant.

– Il y a deux sorties pour quitter cette pièce, cria Ferrier ; il y a la porte et il y a la fenêtre. Laquelle préférez-vous ?

Sa figure brune avait l'air si sauvage et ses mains sèches si menaçantes que les visiteurs furent tout de suite debout et se hâtèrent de sortir. Le vieux fermier les suivit jusqu'à la porte.

– Vous me ferez savoir quand ce sera réglé, dit-il d'un ton sardonique.

– Il vous en cuira ! cria Stangerson, pâle de rage. Vous avez défié le prophète et le Conseil des Quatre, vous vous en repentirez jusqu'à la fin de vos jours.

– La main du Seigneur s'appesantira lourdement sur vous, cria le jeune Drebber. Il se lèvera et vous châtiera.

– Alors c'est moi qui commencerai, s'écria Ferrier, furieux, et il se serait précipité au premier étage pour aller chercher son fusil si Lucie ne lui avait saisi le bras et ne l'avait retenu.

Avant qu'il eût pu se débarrasser d'elle, le bruit sonore des sabots des chevaux lui dit que ses visiteurs étaient hors de portée.

– Les hypocrites canailles ! s'écria-t-il, en essuyant la sueur sur son front. J'aimerais mieux te voir dans la tombe, mon enfant, que de te voir la femme de l'un deux.

– Moi aussi, père, je le préférerais, répondit-elle avec énergie, mais Jefferson sera bientôt ici.

– Oui, ce ne sera pas long, et plus tôt ce sera, mieux ça vaudra, car on ne sait pas ce qu'ils vont faire après cela.

Il était en vérité grand temps que quelqu'un qui fût capable de les conseiller et de les aider vînt au secours du fermier vigoureux mais âgé, et de sa fille adoptive. Dans toute l'histoire de la colonie, ne s'était jamais présenté un cas de désobéissance aussi catégorique à l'autorité des Anciens. Quand des fautes vénielles étaient punies si farouchement, quel allait être le destin de cet archi-rebelle ? Ferrier savait que ses richesses et sa situation ne lui serviraient nullement. D'autres, aussi connus et aussi riches que lui, avaient été enlevés et leurs biens donnés à l'Église. Tout brave qu'il était, il tremblait pourtant devant les terreurs vagues et indéfinies qui planaient sur lui. Il était capable d'affronter d'un cœur ferme n'importe quel danger connu mais cette incertitude l'énervait. Il cachait toutefois ses craintes à sa fille et affectait de traiter l'affaire à la légère ; mais Lucie, avec les yeux sagaces de l'amour, vit nettement qu'il était inquiet.

Il s'attendait à recevoir un message ou une réprimande quelconque de la part de Young au sujet de sa conduite. De fait, il ne se trompait pas, mais cette intervention se manifesta de façon inattendue. À sa grande surprise, en se levant, le lendemain matin, il trouva un petit carré de papier épinglé sur la couverture de son lit, juste à la hauteur de sa poitrine. En lettres nettement détachées ce papier portait imprimé :

« Vingt-neuf jours vous sont accordés pour vous amender, et alors… »

Ce coup lui inspira plus de crainte que n'aurait pu le faire n'importe quelle menace. Que cet avertissement fût parvenu jusque dans sa chambre intriguait péniblement Jean Ferrier, car ses domestiques ne couchaient pas dans la maison dont les portes et les fenêtres avaient toutes été soigneusement fermées. Il chiffonna le papier et n'en parla pas à sa fille, mais l'incident lui glaça le cœur. Les vingt-neuf jours étaient de toute évidence la balance du mois que Young avait promis. Quelle force, quel courage pourrait quelque chose contre un ennemi armé d'une puissance aussi mystérieuse ? La main qui avait fixé cette épingle aurait pu le frapper au cœur ; il aurait pu mourir sans connaître son assassin.

Il fut encore plus ébranlé le lendemain matin. Ils avaient pris place à table pour déjeuner quand Lucie, poussant un cri de surprise, leva le doigt vers le plafond. Au beau milieu était écrit, sans doute avec un tison, le nombre 28. Pour sa fille c'était inintelligible ; Ferrier ne la renseigna pas. Seulement, cette nuit-là, il veilla avec son fusil, montant une garde attentive. Il ne vit, n'entendit rien, et pourtant, le matin un grand « 27 » avait été peint sur la face extérieure de sa porte.

Ainsi, les jours succédèrent aux jours, et, aussi sûrement que venait le matin, il constatait que ses ennemis invisibles avaient tenu leur registre au courant et inscrit en quelque endroit bien visible le nombre de jours que lui laissait encore ce mois de grâce. Parfois les chiffres funestes apparaissaient sur les murs ; parfois sur les planchers ; de temps à autre sur de petites pancartes collées à la porte du jardin ou à la barrière. En dépit de toute sa vigilance Jean Ferrier ne pouvait découvrir d'où provenaient ces avertissements quotidiens. Un sentiment d'horreur, presque superstitieuse, s'emparait de lui en les voyant. Il devenait farouche, s'exaspérait et ses yeux avaient le regard inquiet d'un être hanté. Sa vie ne recelait plus maintenant qu'une seule espérance : l'arrivée du jeune chasseur de la Névada.

Vingt s'était changé en quinze et quinze en dix, et l'on restait toujours sans nouvelles de l'absent. Un à un les nombres décroissaient et toujours aucun signe de lui. Chaque fois qu'un cavalier passait à grand bruit sur la route ou qu'un conducteur de voiture parlait à son équipage, le vieux fermier se hâtait de courir à la barrière, pensant qu'enfin une aide lui arrivait. Mais quand il vit que cinq était remplacé par quatre et celui-ci par trois, il perdit courage et abandonna tout espoir de salut. Tout seul et ne connaissant guère les montagnes qui entouraient la colonie, il se savait impuissant. Les routes les plus fréquentées étaient étroitement surveillées et gardées, nul n'y pouvait passer sans un ordre du Conseil. De quelque côté qu'il se tournât, il lui apparaissait qu'il ne pouvait éviter le coup suspendu sur lui. Et pourtant le vieillard ne vacilla jamais dans sa résolution de renoncer à la vie même plutôt que de consentir à ce qu'il regardait comme le déshonneur de sa fille.

Un soir il était assis tout seul, réfléchissant à ses ennuis et cherchant en vain le moyen d'en sortir. Ce matin-là le chiffre 2 avait paru sur le mur de sa maison et le jour suivant serait le dernier du délai qu'on lui accordait. Que se produirait-il alors ? Toutes sortes d'imaginations vagues et terribles occupaient son esprit. Et sa fille, qu'allait-elle devenir, quand il ne serait plus là ? N'y avait-il pas moyen d'échapper à l'invisible filet qu'on resserrait autour d'eux ? Sa tête s'affaissa sur la table et il sanglota en songeant à son impuissance.

Mais qu'arrivait-il ? Dans le silence il entendit gratter doucement – c'était un bruit très menu, mais très net dans le calme de la nuit. Il venait de la porte de la maison. Ferrier se glissa en rampant dans le vestibule et écouta très attentivement. Le bruit cessa quelques instants, puis se fit de nouveau entendre, mais insistant. Quelqu'un, c'était évident, frappait doucement aux panneaux de la porte. Était-ce un assassin venu, vers minuit, exécuter l'ordre meurtrier du tribunal secret ? Ou était-ce un agent chargé d'écrire que le dernier jour de grâce était arrivé ? Jean Ferrier jugea qu'une mort immédiate vaudrait mieux que cette incertitude qui ébranlait ses nerfs et glaçait son cœur. S'élançant d'un bond, il tira le verrou et ouvrit la porte toute grande.

Au-dehors tout était calme et tranquille. La nuit était belle et les étoiles scintillaient au firmament. Borné par la haie et la grande porte, le petit jardin, devant la maison, s'offrait à la vue du fermier, mais ni là ni sur la route on n'apercevait d'être humain. Avec un soupir de soulagement, Ferrier regarda à droite et à gauche, jusqu'à ce que, jetant par hasard un coup d'œil à ses pieds, il vit, à son grand étonnement, un homme qui gisait sur le sol, la face contre terre, les bras et les jambes écartés.

Il se trouva si démonté à cette vue qu'il s'adossa au mur, tout en portant la main à sa gorge pour étouffer le cri que, d'instinct, il allait pousser. Sa première pensée fut que l'homme ainsi couché de tout son long était un mourant ou un blessé, mais, alors qu'il le considérait, il le vit se tortiller, avancer sur le sol et pénétrer dans le vestibule avec la rapidité silencieuse du serpent. Une fois dans la maison, l'homme se redressa d'un bond, ferma la porte et montra au fermier ébahi la mine farouche et l'air résolu de Jefferson Hope.

– Grand Dieu! balbutia Ferrier. Que vous m'avez fait peur! Qu'est-ce qui vous amène à entrer ainsi?

– Donnez-moi à manger, dit l'autre, d'une voix enrouée. Depuis quarante-huit heures je n'ai pas eu le temps d'avaler une bouchée.

Il se jeta sur la viande froide et sur le pain, restes du souper de son hôte, qui se trouvaient encore sur la table, et il les dévora.

– Lucie se porte-t-elle bien? demanda-t-il, quand il eut apaisé sa faim.

– Oui, elle ignore le danger.

– C'est bien. La maison est surveillée de tous les côtés. C'est pourquoi j'ai rampé jusqu'ici. Ils sont peut-être bien malins, mais ils ne le sont pas encore assez pour attraper un chasseur des montagnes de la Nevada.

Jean Ferrier se sentait maintenant un autre homme. Il saisit la main du jeune homme et l'étreignit cordialement.

– Vous êtes un garçon dont on peut être fier, dit-il. (Il se rendait compte qu'il avait en lui un allié dévoué.) Il n'y en a pas beaucoup qui viendraient partager nos ennuis et notre danger.

– Vous l'avez bien dit! répondit le jeune chasseur. Je vous respecte, mais s'il n'y avait que vous dans l'affaire, j'y regarderais à deux fois avant de fourrer ma tête dans un pareil guêpier. C'est Lucie qui m'amène ici, et avant qu'aucun mal ne lui arrive, soyez sûr qu'il y aura un manquant dans la famille Hope.

– Qu'allons-nous faire?

– Demain étant votre dernier jour, si vous ne partez pas cette nuit, vous êtes perdu. J'ai une mule et deux chevaux qui m'attendent au ravin de l'Aigle. Combien d'argent avez-vous?

– Deux mille dollars en or et cinq en billets.

– Ça fera l'affaire. J'en ai autant à y ajouter. Il faut nous diriger vers Carson City en passant par les montagnes. Vous feriez bien de réveiller Lucie. C'est une bonne chose que les serviteurs ne couchent pas dans la maison.

Pendant que Ferrier était sorti de la pièce pour préparer sa fille à leur voyage imminent, Jefferson Hope faisait un petit paquet de tous les vivres qu'il pouvait trouver et remplissait d'eau une jarre de grès, car il savait par expérience que, dans les montagnes, les sources étaient rares et fort éloignées les unes des autres. À peine avait-il achevé ses préparatifs que le fermier revenait avec sa fille, habillée et prête pour le départ. L'accueil mutuel que se firent les amoureux fut chaleureux mais bref, car les minutes étaient précieuses et il y avait fort à faire.

– Il faut partir tout de suite, dit Jefferson Hope, parlant d'une voix basse mais résolue, en homme qui se rend compte de la grandeur du péril auquel il veut faire face avec un cœur d'airain. Les entrées par-devant et par-derrière sont surveillées, mais avec des précautions nous pouvons sortir par les fenêtres sur le côté et de là gagner les champs. Une fois sur la route nous ne sommes qu'à deux milles du ravin où les chevaux nous attendent. Au point du jour nous aurons fait la moitié de la route à travers les montagnes.

– Et si on nous arrête ? demanda Ferrier.

Hope tapa de la main sur la crosse d'un revolver qui sortait de la poche de sa veste.

– S'ils sont trop nombreux pour nous, nous en emmènerons deux ou trois avec nous, dit-il avec un sourire sinistre.

Les lumières à l'intérieur de la maison avaient été éteintes, et, des fenêtres obscures, Ferrier regarda les champs qui avaient été les siens et qu'il allait, à présent, abandonner pour toujours. Depuis longtemps pourtant, il avait raidi ses nerfs et s'était préparé à ce sacrifice, car la pensée de l'honneur et du bonheur de sa fille l'emportait de loin sur les regrets de sa fortune perdue. Tout paraissait si paisible, si heureux, les arbres frissonnaient si doucement, les grands champs de blé s'étendaient dans un tel silence qu'on avait peine à se rendre compte que le démon de l'assassinat rôdait par là. Cependant les traits tendus du jeune chasseur et son air résolu montraient qu'en approchant de la maison il en avait assez vu pour être fixé sur ce point.

Ferrier prit le sac d'or et de billets de banque, Jefferson Hope se chargea des maigres provisions et de l'eau, cependant que Lucie avait fait un petit paquet de tout ce à quoi elle tenait le plus. Ouvrant la fenêtre, avec beaucoup de lenteur et de précautions, ils attendirent qu'un nuage noir eût un peu obscurci la nuit pour passer dans le petit jardin, retenant leur souffle, tantôt pliés en deux, tantôt à plat ventre. Ils avancèrent peu à peu et, laborieusement, gagnèrent l'abri de la haie qu'ils longèrent jusqu'à l'échancrure qui menait au champ de blé. Ils venaient d'y parvenir quand le jeune homme, saisissant ses deux compagnons, les ramena dans l'ombre où ils demeurèrent silencieux et tremblants.

L'expérience de la prairie avait, heureusement, donné à Jefferson les oreilles du lynx. À peine ses amis et lui-même s'étaient-ils recroquevillés près du sol que l'on entendit, à quelques mètres d'eux, le mélancolique ululement d'une chouette des montagnes. Un autre ululement aussi rapproché y répondit. Au même instant une vague silhouette d'ombre sortit de l'ouverture dans la haie vers laquelle ils s'étaient dirigés et, de nouveau, fit entendre le même cri plaintif. À ce moment un autre personnage émergea de l'obscurité.

– Demain, à minuit, dit le premier qui semblait investi d'autorité, quand l'engoulevent appellera trois fois.

– C'est bien, répondit l'autre. Le dirai-je au Frère Drebber ?

– Faites-lui passer le mot et qu'il le transmette aux autres. Neuf à sept ?

– Sept à cinq, répliqua l'autre et les deux silhouettes s'en furent dans des directions différentes.

Ces dernières paroles étaient évidemment un mot d'ordre et son mot de ralliement. Dès que leurs pas furent amortis à quelque distance, Jefferson se dressa et, aidant ses compagnons à franchir la brèche, il les conduisit en toute hâte à travers champs, soutenant et portant à demi la jeune fille quand ses forces semblaient lui manquer.

– Pressons-nous ! Pressons-nous ! murmurait-il de temps en temps. Nous sommes dans la ligne des sentinelles, tout dépend de notre vitesse, pressons-nous !

Une fois sur la grand-route, ils avancèrent rapidement. Ils ne rencontrèrent qu'une seule personne et, en cette circonstance, ils réussirent à se glisser dans un champ pour éviter d'être reconnus. Avant d'atteindre la ville, le chasseur bifurqua dans un sentier raboteux et étroit qui menait aux montagnes. Deux sombres pics dentelés s'estompaient au-dessus d'eux dans l'obscurité, et le défilé qui passait entre ces sommets était le ravin de l'Aigle où les chevaux les attendaient. Avec un instinct infaillible, Jefferson Hope trouva son chemin parmi les grands blocs de rocher et le long du lit desséché d'un cours d'eau. Ils arrivèrent enfin au coin retiré et abrité par de grands rocs où les fidèles animaux étaient restés attachés à des pieux. La fille prit place sur la mule, le vieux Ferrier avec son sac d'argent monta un des chevaux, tandis que Jefferson Hope conduisait l'autre par les sentiers escarpés et dangereux.

C'était une route affolante pour qui n'était pas habitué à affronter la Nature dans ses aspects les plus sauvages. D'un côté, une immense falaise s'élevait, telle une tour, à plus de trois cents mètres, noire, farouche et menaçante. Sa face raboteuse présentait de longues colonnes basaltiques qui ressemblaient aux côtes de quelque monstre pétrifié. De l'autre côté, un sauvage chaos de rocs et de débris rendait toute avance impossible. Entre les deux la piste serpentait, irrégulière et si étroite par endroits qu'il leur fallait aller en file indienne, et si rude que, seuls, des cavaliers exercés pouvaient s'y risquer. Cependant, en dépit de tous ces dangers et de toutes ces difficultés, les cœurs des fugitifs étaient légers, car chaque pas les éloignait du despotisme terrible qu'ils fuyaient.

Pourtant, ils eurent bientôt une preuve qu'ils étaient encore dans la juridiction des Saints. Ils avaient atteint l'endroit le plus sauvage et le plus désolé de la gorge quand la jeune fille poussa un cri de surprise et montra du doigt le haut de la falaise. Sur un rocher qui surplombait la piste, se détachant nettement en noir sur le ciel, se dressait une sentinelle solitaire. Le factionnaire les vit au même instant et l'injonction militaire de « Qui va là ? » retentit à travers le ravin silencieux.

– Des voyageurs pour le Névada, dit Jefferson Hope, la main sur le fusil qui pendait à sa selle.

Ils purent voir le veilleur solitaire manier son arme et les considérer comme s'il n'était pas satisfait de leur réponse.

– Avec la permission de qui ? demanda-t-il.

– Des Quatre Saints, répondit Ferrier.

Son expérience des mormons lui avait appris que c'était là la plus haute autorité dont il pût se recommander.

– Neuf à sept, cria la sentinelle.

– Sept à cinq, répliqua immédiatement Jefferson Hope, se rappelant le mot de ralliement entendu dans le jardin.

– Passez et que le Seigneur soit avec vous ! dit la voix d'en haut.

Après cet endroit, le sentier s'élargit et les montures purent prendre le trot. En regardant derrière eux, les fugitifs apercevaient le veilleur, appuyé sur son fusil. Ils savaient qu'ils avaient franchi le dernier poste du Peuple Élu et que la liberté était devant eux.

## 12

## LES ANGES VENGEURS

Toute la nuit, leur fuite les conduisit par des défilés compliqués et par des sentiers irréguliers et semés de rocs. Plus d'une fois ils se perdirent, mais Hope connaissait si bien les montagnes qu'en chaque occasion ils retrouvèrent la piste. Quand le matin éclata, une scène d'une beauté merveilleuse en sa sauvagerie se déroula sous leurs yeux. Dans toutes les directions, les pics géants couronnés de neige les entouraient, et semblaient jusqu'au lointain horizon lorgner par-dessus les épaules les uns des autres. Si abrupts étaient les rochers de tous côtés que le mélèze et le pin paraissaient suspendus au-dessus de leurs têtes, si précairement qu'une bourrasque aurait suffi à les précipiter sur eux. Cette crainte, d'ailleurs, n'était pas tout à fait une illusion, car la vallée nue était amplement parsemée d'arbres et de rocs ainsi dégringolés. Alors même qu'ils passaient, un grand roc dévala avec un bruit de tonnerre qui réveilla les échos des gorges silencieuses et, surprenant les montures fatiguées, leur fit, de peur, prendre le galop.

Comme le soleil se levait lentement au-dessus de l'horizon, à l'est, les sommets des grands rochers s'éclairèrent, un à un, telles les lampes d'une fête, et bientôt tous rougeoyaient et étincelaient. Ce magnifique spectacle réjouit le cœur de nos trois fugitifs et leur donna une nouvelle énergie. Près d'un torrent sauvage et furieux qui jaillissait d'un ravin, ils s'arrêtèrent pour faire boire leurs chevaux, et prendre eux-mêmes un déjeuner hâtif. Lucie et son père se seraient volontiers reposés plus longtemps, mais Jefferson Hope demeura inexorable.

– Ils sont maintenant à nos trousses, dit-il. Tout dépend de notre vitesse. Une fois que nous serons à Carson, nous pourrons nous reposer jusqu'à la fin de nos jours.

Toute la journée, ils avancèrent péniblement dans les défilés et, le soir, ils calculèrent qu'ils étaient maintenant à plus de trente milles de leurs ennemis. La nuit venue, ils choisirent le pied d'un rocher en surplomb qui leur assurait une certaine protection contre le vent glacial, et là, pressés les uns contre les autres pour se tenir chaud, ils prirent quelques heures de sommeil. Avant le point du jour, pourtant, ils étaient debout et reprirent leur route. Ils n'avaient aperçu aucun signe de leurs poursuivants et Jefferson Hope commençait à croire qu'ils étaient hors d'atteinte de la terrible organisation dont ils avaient encouru la haine. Il était loin de soupçonner jusqu'où cette poigne de fer pouvait les saisir, ni que l'instant était proche où elle se refermerait sur eux pour les écraser.

Vers le milieu de la seconde journée de leur fuite, leur maigre provision de vivres commença de s'épuiser. Cela ne causa que peu d'inquiétude au chasseur ; il savait, en effet, qu'il y avait du gibier dans la montagne et, souvent déjà, il avait eu recours à son fusil pour se procurer à manger. Choisissant un coin abrité, il y entassa quelques branches sèches et alluma un grand feu où ses compagnons pourraient se réchauffer ; ils étaient alors à près de quinze cents mètres au-dessus du niveau de la mer et l'air était vif et âpre. Après avoir attaché les chevaux, il dit adieu à Lucie, remit son fusil sur l'épaule et partit à la recherche de ce que le hasard placerait sur son chemin. Jetant un regard derrière lui, il vit le vieillard et la jeune fille blottis auprès du feu éclatant, tandis que leurs trois montures se tenaient immobiles à l'arrière-plan. Après quoi les rochers les cachèrent à sa vue.

Il fit quelques kilomètres dans un ravin, puis en parcourut un autre sans succès, bien que, aux marques laissées sur l'écorce des arbres et à d'autres signes, il reconnût qu'il y avait de nombreux ours dans les parages. Enfin, découragé par deux ou trois heures de recherches inutiles, il songeait à retourner quand, levant les yeux, il vit quelque chose qui fit tressaillir son cœur de plaisir. Sur le bord d'un roc en saillie, à une bonne centaine de mètres au-dessus de lui, se tenait un animal qui ressemblait un peu à un mouton qu'armerait une paire de cornes gigantesques. Ce mâle aux grandes cornes était sans doute là en sentinelle, veillant sur un troupeau de bouquetins invisible au chasseur ; mais heureusement la tête de l'animal était tournée dans la direction opposée et il n'aperçut pas Jefferson. Celui-ci se coucha sur le dos, appuya son fusil sur un roc, visa lentement et sûrement avant d'appuyer sur la détente. L'animal fit un bond, chancela un instant sur le bord du précipice, puis vint s'écraser dans la vallée en dessous.

La bête n'était pas facile à manier ; le chasseur se contenta donc d'en détacher un quartier, plus une partie du flanc. Avec ce trophée sur son épaule, il se hâta de revenir sur ses pas, car, déjà, la nuit approchait. À peine s'était-il mis en route qu'il se rendit compte, cependant, de la difficulté de ce retour. Dans son ardeur, il s'était aventuré au-delà des gorges qu'il connaissait et ce n'était pas chose aisée que de retrouver le sentier qu'il avait pris. La vallée où il était se divisait et se subdivisait en des gorges nombreuses qui se ressemblaient tant qu'il était impossible de les distinguer les unes des autres. Il en suivit une pendant deux kilomètres jusqu'à ce qu'il parvînt à un torrent qu'il était certain de n'avoir jamais vu. Convaincu qu'il avait pris le mauvais tournant, il essaya un autre avec le même insuccès. La nuit venait rapidement et il faisait déjà noir quand il se retrouva enfin dans une gorge qui lui était familière. Même alors, il ne lui fut pas facile de suivre la bonne voie, car la lune n'était pas levée et les hautes falaises de chaque côté augmentaient encore l'obscurité. Alourdi par son fardeau et fatigué par ses efforts, il s'avançait en trébuchant, encouragé toutefois par la pensée que chaque pas le rapprochait de Lucie et qu'il rapportait assez de nourriture pour le reste du voyage.

Il était maintenant arrivé à l'entrée du défilé même où il les avait laissés. En dépit de l'obscurité il reconnaissait les silhouettes des falaises qui le bornaient. Ils devaient, pensa-t-il, l'attendre avec anxiété, car il y avait presque cinq heures qu'il était parti. Le cœur content, il porta ses deux mains à sa bouche et fit retentir la vallée d'un long « holà ! » pour signaler son arrivée. Il s'arrêta pour écouter. Aucune réponse ne vint sinon son propre cri par cent fois répété au gré des échos dans le silence des ravins lugubres. De nouveau, il cria, plus fort encore qu'avant et, de nouveau, pas un murmure ne lui parvint en retour des amis qu'il avait quittés tantôt. Une crainte indicible et vague s'empara de lui, et il se mit à courir en avant comme un fou, lâchant dans son émoi la précieuse nourriture.

Après un détour, il aperçut nettement l'endroit où il avait allumé du feu. Il y avait encore un petit tas de braises, mais il était évident qu'on l'avait négligé depuis son départ. Le même silence de mort régnait partout alentour. Les craintes de Jefferson Hope se changèrent en convictions et il se hâta d'avancer. Il n'y avait pas un être vivant près des restes du feu ; les bêtes, l'homme, la jeune fille, tous avaient disparu. Il n'était que trop clair qu'un désastre était arrivé pendant son absence ; terrible et soudain, il les avait tous frappés et n'avait laissé aucune trace derrière lui.

Éperdu, abasourdi par ce coup, Jefferson Hope sentit que la tête lui tournait et il dut s'appuyer sur son fusil pour ne pas tomber. C'était, toutefois, essentiellement un homme d'action et il se remit rapidement de son désarroi. Saisissant dans le feu qui couvait un tison à moitié consumé, il souffla dessus, en ranima la flamme et, à cette lumière, se mit à examiner le petit campement. Le sol, piétiné par des chevaux, révélait qu'une troupe nombreuse de cavaliers avait rejoint les fugitifs et repris ensuite le chemin de Salt Lake City. Avaient-ils emmené avec eux ses deux compagnons ? Jefferson Hope était presque convaincu qu'il devait en être ainsi quand ses regards tombèrent sur quelque chose qui fit tressaillir tout son être. À peu de distance du campement se trouvait un petit tas de terre rougeâtre qui, il en était sûr, n'était pas là auparavant. Il n'y avait à s'y tromper : c'était une tombe tout récemment creusée. En s'approchant, le jeune chasseur s'aperçut qu'on avait planté dessus un bâton fendu à son extrémité supérieure dans laquelle on avait inséré une feuille de papier. Ce qu'on avait écrit sur le papier était bref, mais significatif :

JEAN FERRIER
Autrefois de Salt Lake City
Mort le 4 août 1860

L'homme vigoureux qu'il avait quitté si peu de temps auparavant avait disparu et c'était là toute son épitaphe. Jefferson Hope, désespéré, regarda autour de lui pour voir s'il n'y avait pas une autre tombe, mais n'en aperçut aucun signe. Lucie avait été enlevée par ses impitoyables poursuivants. Conformément à sa destinée première, elle allait renforcer le harem du fils de l'Ancien. Quand il se rendit compte du sort inévitable de la jeune fille et de sa propre impuissance à s'y opposer, Jefferson aurait voulu, lui aussi, être couché auprès du vieux fermier avec cette gorge silencieuse comme ultime champ de repos.

Toutefois, son esprit actif secoua de nouveau l'apathie née de son désespoir. S'il ne lui restait rien d'autre à faire, du moins pouvait-il consacrer sa vie entière à sa vengeance. Jointe à une patience et une opiniâtreté indomptables, Jefferson Hope possédait un tenace et persévérant appétit de vengeance qu'il avait appris des Indiens parmi lesquels il avait vécu. Debout près du feu solitaire, il comprit que rien n'allégerait sa douleur tant qu'il n'aurait, de ses propres mains, châtié ses ennemis. Toute la force de sa volonté, toutes les ressources de son énergie seraient, il en prit la résolution, désormais consacrées exclusivement à ce but. Le visage farouche et blême, il retourna sur ses pas jusqu'à l'endroit où il avait laissé tomber la nourriture qu'il rapportait, puis, ayant attisé le feu qui couvait, il se prépara assez de viande pour lui durer quelques jours. Il l'enveloppa et, tout fatigué qu'il était, se mit en route dans les montagnes pour retrouver la piste des Anges Vengeurs.

Pendant cinq jours, marchant péniblement, fatigué, les pieds en sang, il parcourut les défilés qu'il avait suivis à cheval. La nuit, il se jetait sur le sol et prenait quelques heures de sommeil, mais avant l'aurore il reprenait son chemin. Le sixième jour il parvenait au ravin de l'Aigle, d'où était partie leur fatale équipée. De là, il pouvait voir le Séjour des Saints. Las, épuisé, il s'appuya sur son fusil et, sauvagement, tendit son poing décharné vers la grande ville, silencieuse au-dessous de lui. En la regardant, il remarqua que des étendards flottaient dans quelques-unes des rues principales et qu'on apercevait encore d'autres signes de liesse. Il restait là, à méditer, se demandant ce que tout cela signifiait, quand il entendit le pas d'un cheval et vit un cavalier qui venait vers lui. Lorsqu'il s'approcha, il reconnut un mormon du nom de Cooper, à qui il avait rendu quelques services. Il l'aborda donc quand il fut à sa hauteur, dans le dessein de découvrir quel avait été le sort de Lucie Ferrier.

– Je suis Jefferson Hope, dit-il ; vous vous souvenez de moi ?

Le mormon le regarda sans cacher son étonnement. En vérité, il était difficile de reconnaître dans ce vagabond en guenilles aux cheveux en broussailles, au regard sauvage, à la face livide et farouche, le jeune chasseur élégant d'autrefois. Lorsqu'il se fut, pourtant, assuré que c'était bien lui, la surprise de l'homme devint de la consternation.

– Vous êtes fou de venir ici, s'écria-t-il. Je risque ma vie en vous parlant. Il y a contre vous un ordre des Quatre Saints, parce que vous avez aidé les Ferrier à s'enfuir.

– Je ne crains ni eux ni leur ordre d'arrêt, dit Hope. Vous devez en savoir quelque chose. Je vous supplie au nom de tout ce que vous aimez de répondre à mes quelques questions. Nous avons toujours été des amis. Au nom de Dieu, ne refusez pas de me répondre.

– De quoi s'agit-il ? demanda le mormon inquiet. Dites vite : les rochers mêmes ont des oreilles, et les arbres des yeux.

– Qu'est devenue Lucie Ferrier ?

– On l'a mariée hier au jeune Drebber. Courage, jeune homme, redressez-vous. On dirait qu'il ne reste pas de vie en vous !

– Ne faites pas attention à moi ! dit Hope d'une voix faible.

Ses lèvres mêmes étaient blêmes et il s'était affaissé sur la pierre contre laquelle il s'appuyait.

– Mariée, dites-vous ?

– Mariée hier, c'est pour cela qu'il y a des drapeaux sur la Maison des Unions. Il y a eu un échange de mots assez vifs entre le jeune Drebber et le jeune Stangerson, pour savoir qui l'aurait. Tous les deux étaient de la troupe qui les a pourchassés et c'est Stangerson qui a tué le père de la jeune fille. Cela semblait lui donner plus de droits, mais quand l'affaire est venue devant le Conseil, le parti Drebber l'a emporté et, alors, le prophète la lui a donnée. Toutefois, personne ne la gardera bien longtemps, car j'ai vu la mort sur son visage, hier. C'est plus un fantôme qu'une femme. Alors, vous vous en allez ?

– Oui, je m'en vais, dit Jefferson qui s'était levé.

On aurait dit que son visage avait été ciselé dans le marbre tant il était dur et tant son expression était résolue ; en revanche, ses yeux brillaient d'une lueur sinistre.

– Où allez-vous ?

– Peu importe, répondit-il et, jetant son fusil sur son épaule, il descendit à grands pas le défilé et s'enfonça au cœur de la montagne, vers les retraites des bêtes sauvages, dont pas une seule n'était aussi féroce, aussi dangereuse que lui.

La prédiction du mormon ne s'accomplit que trop bien. Que ce fût par suite de la mort de son père ou à cause de l'abominable mariage auquel la force l'avait contrainte, la pauvre Lucie ne se remit pas ; elle languit et mourut en moins d'un mois. Son imbécile de mari, qui l'avait épousée surtout en raison de la fortune de Ferrier, n'eut pas l'air affecté de sa perte ; mais ses autres femmes la pleurèrent et, selon la coutume mormone, elles la veillèrent la nuit qui précéda l'inhumation. Elles étaient groupées autour de la bière quand, aux premières heures du matin, à leur indicible étonnement et à leur vive frayeur, elles virent la porte s'ouvrir tout à coup et donner passage à un homme en guenilles, au visage hâlé et aux yeux sauvages. Il entra à grands pas. Sans un regard, sans un mot aux femmes apeurées, il s'avança vers le cadavre blanc qui avait naguère contenu l'âme pure de Lucie Ferrier. Se penchant sur elle, il appuya avec révérence ses lèvres sur le front froid, puis, prenant la main de la morte, il retira l'alliance de son doigt. « Elle ne sera pas enterrée avec cela », s'écria-t-il, d'une voix qui ressemblait à un grondement et, avant qu'on ne pût donner l'alarme, il dégringolait l'escalier en bondissant et disparut. Si étrange, si brève avait été la scène que les veilleuses elles-mêmes auraient à peine pu y croire ou en convaincre autrui, n'eût été le fait incontestable que l'anneau d'or, qui désignait la défunte comme ayant été une épouse, avait disparu.

Pendant quelques mois, Jefferson Hope s'attarda dans les montagnes, menant une vie étrange et sauvage, nourrissant en son cœur le farouche désir de vengeance qui le possédait. On parlait souvent, dans la ville, d'un être bizarre qu'on voyait errer dans la campagne environnante et qui hantait les gorges solitaires des montagnes. Un jour une balle traversa en sifflant la fenêtre de Stangerson et alla s'aplatir sur le mur à un pied de lui. En une autre circonstance, alors que Drebber passait au pied d'une falaise, un énorme roc dégringola vers lui et il ne sauva sa vie qu'en se jetant à plat ventre. Les deux jeunes mormons ne tardèrent pas à découvrir la raison de ces attentats qui les visaient, et ils conduisirent des expéditions répétées dans les montagnes, avec l'espoir toujours vain de capturer ou de tuer leur ennemi. Ils prirent alors la précaution de ne jamais sortir seuls ou après la tombée de la nuit ; celle aussi de faire garder leurs maisons. Au bout d'un certain temps ces mesures se relâchèrent : on n'entendait plus parler de leur ennemi ; on ne le voyait plus, et ils espéraient que le temps avait apaisé sa soif de vengeance.

Bien loin de là : le temps l'avait plutôt accrue.

Le chasseur était d'une nature indomptable autant qu'intraitable et l'idée de la vengeance avait si bien pris possession de son âme qu'il n'y avait plus place chez lui pour un autre sentiment. Cette perpétuelle exposition aux intempéries et le manque d'une nourriture saine usaient Jefferson Hope. S'il mourait dans les montagnes comme un chien, que deviendrait alors sa vengeance ? Et pourtant une mort de ce genre l'abattrait infailliblement s'il persistait. Il sentit que c'était là faire le jeu de ses ennemis, aussi, et bien à contrecœur, retourna-t-il aux mines du Nevada, pour y refaire sa santé et y amasser assez d'argent pour pouvoir sans privations s'attacher à son unique objectif.

Son intention avait été de s'absenter une année tout au plus ; mais une suite de circonstances imprévues l'empêcha de quitter les mines pendant cinq ans. Au bout de ce temps, cependant, le souvenir du mal qu'on lui avait fait et la soif de vengeance demeuraient aussi violents qu'en ce jour mémorable où il méditait auprès de la tombe de Ferrier. Déguisé, il revint à Salt Lake City sous un nom d'emprunt. Il se montrait indifférent à son destin pourvu qu'il pût se faire justice. Là, de mauvaises nouvelles l'attendaient. Quelques mois auparavant, un schisme s'était produit dans le Peuple Élu ; quelques-uns des jeunes membres de l'Église s'étaient rebellés contre l'autorité des Anciens et le résultat en avait été la sécession d'un certain nombre de mécontents qui avaient quitté l'Utah pour devenir des gentils. Parmi ceux-ci se trouvaient Drebber et Stangerson et nul ne savait où ils étaient allés. Le bruit courait que Drebber s'était arrangé pour convertir en argent une grande partie de ses biens et qu'il était parti riche tandis que son compagnon, Stangerson, était, comparativement, pauvre. On ne savait rien toutefois de leurs déplacements.

Bien des hommes, quel que fût leur désir de vengeance, auraient renoncé à leur projet devant tant de difficultés, mais

Jefferson Hope n'hésita pas un moment. Avec le peu d'argent qu'il possédait, augmenté du produit des petites occupations auxquelles il se livrait au gré des circonstances, il voyagea de ville en ville par tous les États-Unis, en quête de ses ennemis. Une année remplaçait l'autre, ses cheveux noirs grisonnaient, mais il allait, infatigable, cherchant la piste comme un limier et toujours plus loin, sa pensée invariablement fixée sur le but auquel il avait consacré sa vie. Enfin sa persévérance trouva sa récompense. Il n'aperçut qu'un court instant un certain visage à une fenêtre, mais cet instant lui suffit pour savoir que Cleveland, dans l'Ohio, abritait les hommes qu'il poursuivait. Il revint à son misérable logis avec son plan de vengeance tout prêt. Il se trouva pourtant que Drebber, qui regardait à sa fenêtre, avait reconnu ce vagabond qui passait dans la rue et lu le meurtre dans ses yeux. En toute hâte il se rendit chez le juge de paix, en compagnie de Stangerson qui était devenu son secrétaire particulier, et il lui représenta qu'ils étaient en danger de mort du fait de la jalousie et de la haine d'un ancien rival.

Ce soir-là, Jefferson Hope fut jeté en prison, et comme il ne pouvait fournir ni caution ni répondant, on l'y garda quelques semaines. Quand, à la fin, on le relâcha, il constata que la maison de Drebber était déserte et qu'en compagnie de son secrétaire il était parti pour l'Europe.

Une fois encore le vengeur était déçu, et une fois de plus sa haine concentrée le poussa à continuer sa poursuite. Les fonds lui manquaient pourtant, et pendant quelque temps, il dut se remettre à travailler, épargnant dollar par dollar en vue de son voyage prochain. À la fin, ayant assez amassé pour se tenir en vie, il partit pour l'Europe et poursuivit ses ennemis de ville en ville, acceptant pour travailler n'importe quelle besogne, sans toutefois rejoindre jamais les fugitifs. Quand il arriva à Saint-Pétersbourg, ils étaient partis pour Paris et quand il arriva à Paris ce fut pour apprendre qu'ils venaient de partir pour Copenhague. Dans la capitale danoise il était encore en retard de quelques jours ; ils venaient de se diriger sur Londres, où il réussit enfin à les abattre. Pour ce qui se passa à Londres nous ne saurions mieux faire que citer le récit qu'en fit le vieux chasseur lui-même, tel que l'a recueilli de sa propre bouche le Dr Watson qui le transcrivit dans le journal auquel nous devons déjà tant.

# 13

## SUITE DES SOUVENIRS
## DU DOCTEUR WATSON

La furieuse résistance de notre prisonnier ne parut dénoter nulle férocité à notre égard, car, en se voyant réduit à l'impuissance, il sourit aimablement et exprima l'espoir qu'il ne nous avait pas blessés dans la bagarre.

– Je suppose que vous allez me mener au poste, dit-il à Sherlock Holmes. Ma voiture est en bas et si vous voulez bien me délier les jambes j'y descendrai. Je ne suis pas aussi léger à porter que je l'ai été autrefois.

Gregson et Lestrade échangèrent un regard ; ils trouvaient cette proposition plutôt osée. Mais Holmes prit tout de suite le prisonnier au mot et dénoua la serviette qu'il avait attachée autour de ses chevilles. Il se leva, étendit les jambes comme pour s'assurer qu'elles avaient bien recouvré leur liberté. Je me rappelle qu'en le regardant je pensai que j'avais rarement vu un homme aussi puissamment bâti. Son visage hâlé était empreint d'une expression de résolution et d'énergie aussi formidable que sa force physique même.

– S'il existe une place vacante de chef de police, vous êtes à mon avis l'homme qu'il faut, dit-il en regardant mon compagnon d'un air d'admiration évidente. La façon dont vous m'avez dépisté en est la garantie.

– Vous feriez mieux de venir avec moi, dit Holmes aux deux détectives.

– Je peux vous conduire, dit Lestrade.

– Bien ! et Gregson viendra à l'intérieur avec moi. Vous aussi, docteur. Vous vous êtes intéressé à l'affaire et vous pouvez bien ne pas nous quitter.

J'y consentis avec plaisir et nous descendîmes tous ensemble. Notre prisonnier n'essaya pas de s'échapper, mais monta calmement dans la voiture qui avait été la sienne ; nous le suivîmes. Lestrade monta sur le siège, fouetta le cheval et nous mena rapidement à destination. On nous fit entrer dans une petite pièce où un inspecteur de police prit le nom du prisonnier et ceux des personnes qu'il était accusé d'avoir assassinées. Le fonctionnaire était un homme pâle et impassible, qui remplissait ses fonctions d'une manière morne et machinale.

– Le prisonnier passera en justice dans le courant de la semaine, dit-il. En attendant, monsieur Jefferson Hope, y a-t-il quelque chose que vous désiriez dire ? Je dois vous avertir que vos paroles seront transcrites et pourront servir contre vous.

– J'en ai long à dire, répondit posément notre prisonnier. Je veux tout vous dire, messieurs.

– Ne vaudrait-il pas mieux réserver cela pour le procès ? demanda l'inspecteur.

– Je pourrais bien n'être jamais jugé. Inutile de vous alarmer. Je ne pense pas au suicide. Êtes-vous médecin ?

En posant cette question, il avait tourné vers moi ses yeux sombres et brûlants.

– Oui.

– Alors mettez votre main ici, et avec un sourire il levait vers sa poitrine ses poignets chargés de menottes.

Je fis ce qu'il demandait et, tout de suite, je sentis des battements extraordinaires du cœur. Les parois de sa poitrine semblaient vibrer et trembler comme le ferait un frêle bâtiment à l'intérieur duquel fonctionnerait un moteur trop puissant. Dans le silence de la pièce je pouvais entendre un souffle et un frémissement qui venaient de la même cause.

– Mais, m'écriai-je, vous avez un anévrisme de l'aorte !

– C'est comme ça qu'on l'appelle, dit-il avec calme. Je suis allé voir un docteur, la semaine dernière, à ce propos ; il m'a dit que ça devait sûrement éclater avant longtemps. Ça a empiré depuis des années. J'ai attrapé ça à vivre en plein air, jour et nuit, sans manger à ma faim dans les montagnes du lac Salé. J'ai fait ce que j'avais à faire, et peu m'importe si je pars bientôt ; j'aimerais toutefois laisser après moi un récit de mon affaire. Je ne veux pas qu'on garde de moi le souvenir d'un vulgaire assassin.

L'inspecteur et les deux détectives eurent une rapide discussion pour savoir s'il était opportun de lui accorder la permission qu'il sollicitait.

– Considérez-vous, docteur, qu'il y ait un danger immédiat ? demanda l'inspecteur.

– Très certainement, dis-je.

– Dans ce cas, c'est clairement notre devoir, dans l'intérêt de la justice, de recevoir sa déclaration. Nous vous autorisons, monsieur Hope, à faire votre récit, qui, je vous en avertis de nouveau, sera pris par écrit.

– Avec votre permission, je m'assiérai, dit le prisonnier joignant l'action à la parole. Cet anévrisme me fatigue aisément et notre bagarre d'il y a une demi-heure n'a pas amélioré les choses. Je suis au bord de la tombe et il n'est pas vraisemblable que je veuille vous mentir. Chacun de mes mots est la vérité absolue et la façon dont vous vous en servirez ne m'intéresse en rien.

En parlant ainsi, Jefferson Hope se renversa dans sa chaise et commença la remarquable déclaration qui suit. Il parlait avec calme et méthode, comme si les événements qu'il narrait étaient assez banals. Je peux garantir l'exactitude du récit qu'on va lire. J'ai pu consulter, en effet, le carnet de notes de Lestrade ; les paroles du prisonnier y avaient été inscrites exactement comme elles furent prononcées.

– Peu vous importe pourquoi je haïssais ces deux hommes, dit-il, il vous suffira de savoir qu'ils se sont rendus coupables de la mort de deux êtres humains – un père et sa fille – et qu'ils étaient, de ce fait, passibles de la mort. Toutefois, après le laps de temps qui s'est écoulé depuis leur crime, il m'était impossible de réunir les preuves convaincantes qu'il faut fournir devant n'importe quel tribunal. Mais je savais qu'ils étaient coupables et j'ai pris la résolution d'être tout à la fois le procureur, le juge et le bourreau. Vous auriez agi de même, si vous êtes des hommes, et si vous aviez été à ma place.

» Cette fille dont j'ai parlé devait m'épouser, il y a vingt ans. Elle a été contrainte d'épouser ce Drebber et ce mariage a brisé mon cœur. En ôtant son alliance de la main de la morte j'ai juré que les yeux mourants de Drebber regarderaient ce même anneau et que sa dernière pensée serait pour ce crime qu'il expiait. Cette alliance, je l'ai toujours portée sur moi et j'ai traqué l'homme et son complice à travers deux continents jusqu'au jour où je les ai pris. Ils ont cru me lasser, mais ils ne l'ont pas fait, et si je meurs demain, comme c'est possible, je mourrai sachant que ma tâche en ce monde est remplie et bien remplie. Ils ont péri par ma main. Il ne me reste rien à espérer, rien à désirer.

» Ils étaient riches et j'étais pauvre, de sorte qu'il ne m'était pas facile de les suivre. Quand je suis arrivé à Londres, ma poche était à peu près vide et j'ai compris qu'il me fallait faire quelque chose pour vivre. Conduire une voiture, monter à cheval sont pour moi aussi naturels que la marche. Je m'adressai donc aux bureaux d'un propriétaire de voitures et j'eus bientôt du travail. Je devais, chaque semaine, rapporter à mon patron une somme convenue et le surplus m'apparte-nait. Il était rare qu'il y eût un gros surplus, mais je me suis arrangé pour économiser quand même. La besogne la plus difficile, ce fut d'apprendre à me retrouver, car, à mon avis, de tous les labyrinthes qu'on a jamais imaginés, cette ville est assurément le plus embarrassant. Mais j'avais un plan à côté de moi et quand une fois j'ai eu situé les principaux hôtels et les gares, je m'en suis assez bien tiré.

» Il s'est écoulé quelque temps avant que je ne trouve où mes deux messieurs demeuraient, mais je me suis informé ici, là et ailleurs, tant et si bien qu'à la fin j'ai trouvé. Ils étaient dans une pension de famille à Camberwell, de l'autre côté de la Tamise. Quand je les ai eu découverts, je savais que je les tenais à ma merci. J'avais laissé pousser ma barbe et ils n'avaient aucune chance de me reconnaître. Je voulais les suivre encore et toujours jusqu'à ce que se présente mon occa-sion. Ils ne m'échapperaient plus, ma résolution en était bien prise.

» Pourtant, il s'en fallut de peu. N'importe où ils allaient dans Londres, j'étais toujours sur leurs talons. Quelquefois je les suivais en voiture, et quelquefois à pied ; la voiture était préférable, car ils ne pouvaient alors s'écarter bien loin de moi. Ce n'était que de bonne heure le matin et tard dans la soirée que je pouvais gagner quelque argent, de sorte que j'ai commencé à me trouver en retard avec mon employeur, mais cela ne me tourmentait guère dès l'instant que je pouvais mettre la main sur mes hommes.

» Ils étaient rusés pourtant. Peut-être ont-ils pensé qu'ils risquaient d'être suivis, car ils ne sortaient jamais seuls, et jamais non plus après la tombée de la nuit. Pendant deux semaines je les ai suivis en voiture tous les jours et jamais je ne les ai vus l'un sans l'autre. Drebber était soûl la moitié du temps, mais Stangerson était toujours sur ses gardes. Je les ai surveillés tôt ou tard, sans jamais entrevoir l'ombre d'une possibilité. Je n'étais pas découragé pourtant, car quelque chose me disait que l'heure était presque venue. Ma seule crainte, c'était que cette affaire dans ma poitrine ne se rompe un peu trop tôt et que je ne laisse ma tâche inaccomplie.

» À la fin, un soir, j'allais et venais le long de Torquay Terrace, comme on appelait la rue où ils demeuraient, quand j'ai vu un fiacre s'avancer jusqu'à leur porte. Un moment après on sortit des bagages de la maison, puis Drebber et Stangerson les suivirent et s'en allèrent. J'ai alors fouetté mon cheval et je ne les ai pas perdus de vue ; j'étais inquiet, car je craignais qu'ils n'aillent peut-être vivre ailleurs. À la gare d'Euston, ils sont descendus ; j'ai donné mon cheval à garder à un gamin et je les ai suivis sur le quai. Je les ai entendus s'informer du train de Liverpool ; l'homme d'équipe leur répondit qu'il venait de partir et qu'il n'y en aurait pas d'autre avant quelques heures. Stangerson en parut contrarié ; Drebber, au contraire, avait l'air plutôt satisfait. Dans le va-et-vient du quai je me suis si bien rapproché d'eux que je pus entendre tout ce qu'ils disaient. Drebber dit qu'il avait une petite affaire à régler et il demanda à l'autre de l'attendre, ajoutant qu'il le rejoindrait bientôt. Son compagnon lui fit quelques remontrances et lui rappela qu'ils avaient résolu de ne pas se quitter. Drebber répondit que c'était une chose délicate et qu'il devait y aller seul. Je n'ai pas pu saisir ce que Stangerson a répondu mais l'autre s'est mis à jurer, lui a rappelé qu'il n'était qu'un serviteur à gages et qu'il ne devait pas se permettre de lui donner des ordres. Sur ce le secrétaire n'a pas insisté et il fut convenu que si Drebber manquait le train il rejoindrait Stangerson à l'hôtel *Holliday* ; à quoi Drebber répondit qu'il serait de retour sur le quai avant onze heures ; là-dessus, il sortit de la gare.

» Le moment que j'avais attendu si longtemps était enfin venu. Je tenais mes ennemis en mon pouvoir. Ensemble ils pouvaient se protéger mutuellement, mais séparés ils étaient à ma merci. Je n'ai pas agi, cependant, avec une hâte irréfléchie. Mon plan était déjà établi. Il n'y a pas de satisfaction dans la vengeance si l'offenseur n'a pas le temps de bien savoir qui le frappe et pourquoi il expie. J'avais arrangé un plan qui me donnerait la possibilité de faire comprendre à celui qui avait fait mon malheur qu'il s'agissait d'expier son crime ancien. Quelques jours auparavant, un monsieur chargé de surveiller quelques maisons dans Brixton Road avait par mégarde laissé tomber la clé de l'une d'elles dans ma voiture. On l'avait réclamée et rendue le soir même, mais j'en avais fait façonner une semblable dans l'intervalle. Au moyen de cette clé, il existait dans cette grande ville un endroit au moins où j'avais accès, où je pouvais compter agir librement et sans être dérangé. Comment mener Drebber dans cette maison, c'était là le problème difficile qu'il me restait maintenant à résoudre.

» Sorti de la gare, Drebber est entré dans un ou deux bars, demeurant presque une demi-heure dans le dernier. Quand il en est sorti, il marchait d'un pas mal assuré et était, de toute évidence, assez gris. Il y avait une voiture juste devant moi. Il lui fit signe. Je la suivis de si près que le nez de mon cheval la toucha presque tout le long du chemin. Nous avons traversé Waterloo Bridge et parcouru des kilomètres de rues jusqu'à ce que – jugez de mon étonnement ! – nous nous soyons retrouvés dans cette même rue où il avait logé. Je ne pouvais imaginer quelle était son intention en revenant là, mais j'ai continué de rouler et je me suis arrêté à cent mètres de la maison. Il y est entré et sa voiture s'en est allée. Donnez-moi un verre d'eau, s'il vous plaît. J'ai la gorge sèche à force de parler.

Je lui passai un verre d'eau qu'il avala.

– Ça va mieux ! Eh bien, il y avait environ un quart d'heure que j'attendais quand me parvint tout à coup comme un bruit de gens qui se disputaient dans la maison. L'instant d'après la porte s'ouvrait brusquement et deux hommes parurent. L'un était Drebber, et l'autre un jeune gars que je n'avais jamais vu. Il tenait Drebber par le col de son vêtement et quand ils furent sur la première marche du perron, il le poussa brusquement et d'un coup de pied il l'envoya de l'autre côté de la rue. « Ah ! Saligaud ! criait-il, en le menaçant d'un bâton, je t'apprendrai à insulter une honnête fille ! » Il était si en colère que je crois bien qu'il aurait rossé Drebber avec son gourdin si le malandrin ne s'était enfui aussi vite que le lui permettaient ses jambes vacillantes. Il a couru jusqu'au coin de la rue et alors, apercevant ma voiture, il m'a appelé et a pris place à l'intérieur. « Conduisez-moi à l'hôtel *Holliday* », m'a-t-il dit.

» Quand je l'ai tenu ainsi, à l'intérieur de ma voiture, mon cœur sautait de joie, à tel point que j'avais peur qu'au dernier moment mon anévrisme ne se rompe. J'ai roulé lentement, pesant dans ma pensée ce qu'il valait mieux faire. Je pouvais le mener directement dans la campagne et là, dans un chemin désert, avoir avec lui ma dernière entrevue. Je m'y étais presque décidé quand lui-même a résolu le problème pour moi. Le désir de boire s'était de nouveau emparé de lui ; il me commanda d'arrêter devant un bar. Il y entra, après m'avoir dit de l'attendre. Il y est resté jusqu'à la fermeture et quand il est sorti, il était si mûr que je savais que j'avais tous les atouts en main.

» N'imaginez pas que j'avais l'intention de le tuer de sang-froid. C'eût été justice de le faire, mais je ne pouvais m'y résoudre. Depuis longtemps, je m'étais dit que je lui donnerais une chance de se sauver, s'il le voulait. Parmi les nombreuses places que j'ai occupées durant ma vie de vagabond en Amérique, j'ai été quelque temps concierge, chargé du nettoyage dans un laboratoire du New York College. Un jour que le professeur faisait un cours sur les poisons, il a montré à ses élèves un alcaloïde – c'est comme ça qu'il l'a appelé – qu'il avait extrait d'une plante américaine et qui était si puissant que le moindre grain provoquait la mort instantanément. J'ai remarqué le flacon dans lequel il gardait ce poison et quand tout le monde a été parti, j'en ai pris un peu. Je savais assez bien préparer ces choses-là et j'ai fabriqué avec cet alcaloïde deux petites pilules solubles, et j'ai mis chacune de ces pilules dans une boîte avec une autre pilule semblable, mais qui ne contenait pas le poison. J'ai décidé, à ce moment-là, que, quand l'occasion s'en présenterait, ces messieurs prendraient chacun une pilule dans la boîte, tandis que j'absorberais celle qui restait. Ça serait tout aussi mortel et moins bruyant que de se canarder à travers un mouchoir. Depuis ce jour-là, j'ai toujours eu mes deux boîtes de pilules sur moi, et le moment était venu de m'en servir.

» Il était plutôt une heure que minuit ; c'était une nuit noire et sauvage, le vent soufflait violemment et la pluie tombait à torrent. Bien que tout fût lugubre au-dehors, au-dedans de moi j'étais content, si content que j'aurais chanté de joie. Si l'un de vous, messieurs, avait jamais désiré quelque chose ardemment, s'il l'avait désiré pendant vingt longues années et s'il avait tout à coup trouvé cette chose à sa portée, vous comprendriez ce que j'éprouvais. J'ai allumé un cigare et j'ai fumé ; fumé pour calmer mes nerfs, mais mes mains tremblaient, mes tempes battaient, tant j'étais excité. Tout en avançant, je voyais le vieux Jean Ferrier et la douce Lucie qui me regardaient dans l'obscurité et qui me souriaient ; je les voyais aussi nettement que je vous vois dans cette pièce. Sur tout le parcours, ils ont été devant moi, un de chaque côté du cheval, jusqu'au moment où je me suis arrêté devant la maison de Brixton Road. On ne voyait pas une âme, on n'entendait pas un bruit, sauf celui de la pluie qui tombait. Quand j'ai regardé dans la voiture, j'ai trouvé Drebber dormant de son sommeil d'ivrogne, affalé comme un sac. Je l'ai secoué par le bras en lui disant : « Il est temps de descendre. »

– Ça va, cocher ! qu'il m'a dit.

» Je suppose qu'il nous croyait à l'hôtel dont il avait parlé, car il sortit et me suivit dans le jardin sans dire un autre mot. J'étais obligé de marcher à côté de lui pour qu'il tienne debout, car il était toujours un peu ivre. Quand nous sommes arrivés à la porte, je l'ai ouverte, puis j'ai conduit Drebber dans la chambre du devant. Je vous donne ma parole que, tout le temps, le père et sa fille marchaient devant nous.

– Il fait diablement noir ! dit-il, frappant du pied.

– Nous aurons bientôt de la lumière, dis-je, en frottant une allumette et en l'approchant d'une bougie que j'avais apportée. Maintenant, Enoch Drebber, continuai-je, en me tournant vers lui et en mettant la lumière assez près de mon visage, qui suis-je ?

» Il me regarda de ses yeux ivres et troubles pendant un moment et j'y ai alors vu monter une horreur qui, convulsant tous ses traits, m'indiqua qu'il m'avait reconnu. Il a reculé et chancelé ; sa figure était livide, la sueur coulait sur son front et ses dents claquaient. Je me suis alors adossé à la porte ; je me suis mis à rire très fort et longuement. J'avais toujours su que la vengeance me serait douce, mais je n'avais jamais espéré ce contentement de mon âme qui me possédait alors tout entier.

– Vil chien ! lui ai-je dit. Je t'ai pourchassé de Salt Lake City jusqu'à Saint-Pétersbourg et toujours tu m'as échappé. Maintenant enfin, c'est fini de rouler comme tu l'as fait, car l'un de nous deux, toi ou moi, ne verra pas le soleil se lever demain.

» Il reculait en m'entendant et je pouvais lire sur son visage qu'il me croyait fou. Et c'est vrai que je l'étais à ce moment-là. Mes tempes battaient comme des marteaux-pilons et je crois que j'aurais eu une crise quelconque, si je n'avais saigné abondamment du nez, ce qui me soulagea.

– Que penses-tu de Lucie Ferrier, maintenant ? criai-je en fermant la porte et en agitant la clé devant son visage. Le châtiment a été long à venir, mais il t'a atteint enfin.

» J'ai vu trembler ses lèvres de lâche, quand j'ai parlé. Il m'aurait imploré de l'épargner s'il n'avait compris que ce serait inutile.

– Vous voulez m'assassiner ? balbutia-t-il.

– Ce n'est pas un assassinat ! Qui parle d'assassiner un chien enragé ? Quelle pitié as-tu montrée à celle que j'aimais, quand tu l'as arrachée du cadavre de son père pour l'emmener dans la honte de ton harem maudit ?

– Ce n'est pas moi qui ai tué son père ! s'est-il écrié.

– Mais c'est toi qui as brisé son cœur innocent. (Je hurlais presque en plaçant la boîte devant lui.) Que le Dieu tout-puissant juge entre nous. Choisis et mange. Il y a la mort dans l'une et la vie dans l'autre. Je prendrai celle que tu laisseras. Voyons s'il y a une justice sur terre ou si c'est la chance qui nous gouverne.

» Il s'est blotti dans un coin en poussant des cris sauvages ; il implorait ma miséricorde, mais je sortis mon couteau et je le lui mis sur la gorge, tant qu'à la fin il m'obéit. Alors j'ai avalé l'autre pilule et nous sommes restés face à face, une minute, peut-être davantage, attendant pour voir qui allait vivre et qui allait mourir. Oublierai-je jamais son aspect quand les premières douleurs lui signifièrent que le poison courait dans son être ? Je me suis mis à rire en le voyant et je lui ai mis l'anneau de mariage de Lucie devant les yeux. Cela ne dura qu'un bref moment, car l'action de l'alcaloïde est prompte. Un spasme douloureux convulsa ses traits et, avec un cri rauque, il tomba lourdement sur le plancher. Je l'ai retourné du bout de mon pied ; j'ai posé ma main sur son cœur. Il était mort. Le sang avait giclé de mon nez en abondance, mais je n'y avais prêté aucune attention. Je ne sais ce qui m'a mis en tête d'écrire avec du sang sur le mur. C'était peut-être une méchante idée de lancer la police sur une fausse piste, car j'avais le cœur léger et joyeux. Je me suis rappelé qu'on avait trouvé à New York un Allemand assassiné et qu'on avait écrit « Rache » au-dessus de son cadavre ; les journaux en avaient alors conclu que ce devait être un crime de sociétés secrètes. J'ai pensé que ce qui avait été une énigme pour les New-Yorkais le serait aussi pour les Londoniens ; alors j'ai trempé mon doigt dans mon propre sang et j'ai écrit sur le mur à une place qui s'y prêtait. Ensuite, je suis retourné à ma voiture ; il n'y avait personne en vue et la nuit était toujours aussi mauvaise. J'avais parcouru quelque distance déjà quand j'ai porté ma main à la poche dans laquelle je gardais d'ordinaire l'anneau de Lucie. Il n'y était pas. J'en fus bouleversé, car c'était le seul souvenir que j'avais d'elle. Pensant que je l'avais sans doute laissé tomber quand je m'étais penché sur le corps de Drebber, je suis revenu et, laissant ma voiture dans une petite rue sur le côté, je suis retourné hardiment à la maison, car j'étais prêt à tout oser plutôt que de perdre cette bague. Quand j'y suis arrivé, je suis tombé dans les bras d'un agent de police qui en sortait et je ne réussis à chasser ses soupçons qu'en faisant mine d'être désespérément soûl.

» C'est ainsi qu'Enoch Drebber a trouvé la mort. Tout ce qu'il me restait à faire, alors, c'était de régler le compte de Stangerson, pour lui faire payer sa dette envers Jean Ferrier. Je savais qu'il demeurait à l'hôtel *Holliday* ; j'ai flâné par là toute la journée, mais il n'est pas sorti. J'imagine qu'il a eu des soupçons quand Drebber ne s'est pas montré. Il était malin, Stangerson, et toujours sur ses gardes. S'il pensait pourtant me tenir à distance en restant enfermé, il se trompait fort. J'ai bientôt trouvé quelle était la fenêtre de sa chambre et, de bonne heure, le lendemain matin, j'ai profité de quelques échelles couchées par terre dans la petite allée derrière l'hôtel pour pénétrer chez lui aux heures grises de l'aube. Je l'ai réveillé et je lui ai dit que l'heure était venue de répondre de l'assassinat qu'il avait commis si longtemps auparavant. Je lui ai décrit la mort de Drebber et je lui ai, à lui aussi, donné à choisir entre deux pilules. Au lieu de saisir cette chance de salut que je lui offrais, il a sauté de son lit, il a voulu me prendre à la gorge. En légitime défense, je l'ai poignardé en plein cœur. Le résultat eût été le même autrement, car la Providence n'aurait jamais permis à sa main criminelle de ne pas choisir la pilule empoisonnée.

» Il ne me reste pas grand-chose à ajouter, et c'est aussi bien, car je suis épuisé. J'ai repris ma voiture comme avant, pendant un ou deux jours, avec l'intention de continuer jusqu'à ce que j'aie économisé de quoi rentrer en Amérique. J'étais en stationnement quand un grand gamin a demandé s'il y avait là un cocher du nom de Jefferson Hope et m'a dit qu'un monsieur demandait sa voiture au 221 B Baker Street. Je suis venu sans y voir de malice et avant que je ne sache où j'en étais, le jeune homme que voici m'avait passé ces bracelets aux poignets, et je me trouvais aussi nettement bouclé que je le fus jamais de toute ma vie. Voilà toute mon histoire, messieurs. Libre à vous de me considérer comme un assassin, mais j'estime, moi, que je suis un représentant de la justice, tout comme vous-mêmes. »

Si émouvant avait été le récit de cet homme, si impressionnante aussi son attitude, que nous restâmes assis en silence, tout songeurs. Les détectives professionnels eux-mêmes, tout blasés qu'ils étaient, avaient semblé vivement intéressés par les détails de ces crimes et par l'histoire du meurtrier. Lorsqu'il eut fini, nous demeurâmes quelques minutes dans une immobilité et un silence que troublait seul le grincement du crayon de Lestrade mettant la dernière main à sa transcription sténographique.

– Il n'y a qu'un point, dit enfin Sherlock Holmes, sur lequel je voudrais être mieux renseigné. Qui était le complice qui est venu chercher l'anneau annoncé dans les journaux ?

Le prisonnier cligna de l'œil avec bonne humeur.

– Je peux vous dire mes propres secrets, mais je ne veux pas mettre d'autres gens dans l'embarras. J'ai vu votre annonce. J'ai pensé que ce pouvait être un piège comme ce pouvait être l'anneau que je désirais. Mon ami m'a offert de venir voir. Je crois qu'il s'est acquitté de sa commission avec adresse.

– Il n'y a pas à en douter, dit Holmes cordialement.

– Maintenant, messieurs, observa l'inspecteur gravement, les formalités de la loi doivent être remplies. Jeudi prochain le prisonnier sera conduit devant les magistrats et votre présence sera requise. Jusqu'à ce moment-là j'en serai responsable.

Ce disant, il sonna et Jefferson Hope fut emmené par deux gardiens, tandis que, mon ami et moi, nous sortions du commissariat et rentrions en voiture à Baker Street.

# 14

## CONCLUSION

On nous avait notifié d'avoir à nous présenter devant les magistrats le jeudi ; mais quand vint le jeudi, il n'y avait plus de raison de faire appel à notre témoignage. Un juge plus élevé s'était saisi de l'affaire et Jefferson Hope avait été appelé devant un tribunal qui lui accorderait une stricte justice. La nuit même du jour où on l'avait pris, l'anévrisme se rompit et on le trouva le lendemain matin étendu sur le plancher de sa cellule, avec un paisible sourire sur son visage, tout comme s'il avait pu, en ses derniers moments, considérer que sa vie avait eu sa raison d'être et que sa tâche avait été remplie.

– Gregson et Lestrade seront furieux de cette mort, observa Holmes, comme nous en causions le lendemain soir. Que deviendra maintenant leur grande réclame ?

– Je ne vois pas qu'ils aient eu tant de part à sa capture.

– Ce que vous faites en ce monde importe peu, reprit amèrement mon compagnon. La question, c'est ce que vous pouvez faire croire que vous avez fait. N'importe, conclut-il d'un air plus dégagé, après une courte pause, je n'aurais voulu rater cette enquête pour rien au monde. Je ne me souviens pas d'une plus belle affaire. Toute simple qu'elle était, elle a comporté plusieurs points très instructifs.

– Simple ! m'écriai-je.

– En vérité, il est difficile de la qualifier autrement (il souriait de ma surprise). La preuve de sa simplicité intrinsèque, c'est que, sans aucune aide, mises à part quelques déductions très ordinaires, j'ai pu mettre la main sur le criminel dans les trois jours.

– C'est vrai.

– Je vous ai déjà expliqué que ce qui sort de l'ordinaire est un guide plutôt qu'un obstacle. Pour résoudre un problème de cette sorte, ce qui importe, c'est de raisonner à rebours. C'est un art très utile et très facile, mais on ne le pratique guère. Dans les affaires de la vie quotidienne, il est plus facile de raisonner de l'avant, et ainsi on néglige l'autre raisonnement. Il y a cinquante personnes qui raisonnent synthétiquement pour une qui raisonne analytiquement.

– J'avoue que je ne vous suis pas très bien.

– Je n'y comptais guère. Voyons si je pourrai me faire mieux comprendre. La plupart des gens, si vous leur exposez une suite d'événements, vous diront ce que serait le résultat. Ils sont capables de rassembler ces événements dans leur esprit et d'en déduire ce qui en adviendra. Il y a, cependant, peu de gens qui, si vous leur donnez le résultat final, seraient capables de dégager de leur propre connaissance quels ont été les faits qui ont amené ce résultat. Cette capacité est ce que je veux dire quand je parle de raisonnement à rebours ou analytique.

– Je comprends.

– Or ceci était un cas dans lequel on vous donnait le résultat et où il fallait trouver tout le reste vous-même. Permettez-moi d'essayer de vous montrer les différentes phases de mon raisonnement. Commençons par le commencement. Je me suis approché de la maison, comme vous le savez, à pied et l'esprit entièrement libre de toute impression. J'ai naturellement commencé par examiner la route et là, comme je vous l'ai déjà expliqué, j'ai vu nettement les marques d'une voiture, d'un fiacre qui, je m'en suis assuré par quelques questions, avait dû stationner là pendant la nuit. Je me suis convaincu que c'était un fiacre et non une voiture particulière, par l'écartement restreint des roues. Le fiacre ordinaire de Londres est de beaucoup moins large qu'une voiture de maître.

» Ce fut là le premier point acquis. J'ai alors parcouru lentement l'allée du jardin qui se trouvait être faite d'un sol argileux, particulièrement propre à recevoir des empreintes. Sans doute cette allée vous a-t-elle semblé n'être qu'une ligne spongieuse et piétinée, mais pour mon œil exercé, chaque marque avait une signification. C'est là une branche de la science policière aussi importante et aussi négligée que l'art de relever les empreintes des pas. J'y ai toujours attaché une très grande importance et sa pratique constante est devenue pour moi une seconde nature. J'ai vu les lourdes empreintes des pieds des agents, mais j'ai vu les traces de deux hommes qui avaient, avant eux, traversé le jardin. Il était facile de dire qu'ils avaient été là les premiers parce que, en certains endroits, leurs traces avaient été entièrement effacées par celles qui les avaient recouvertes. De toute façon se formait le second maillon qui me disait que les visiteurs nocturnes étaient au nombre de deux, l'un remarquable par sa taille (ainsi que je l'ai calculé d'après la longueur de ses enjambées) et l'autre, élégamment vêtu, à en juger par les empreintes petites et délicates qu'avaient laissées ses chaussures.

» En entrant dans la maison cette dernière déduction se trouva confirmée. L'homme aux souliers élégants gisait devant moi. L'homme à la taille haute avait donc commis l'assassinat, s'il y avait assassinat. On ne relevait pas de blessure sur la personne du mort, mais l'expression bouleversée de sa figure m'assurait qu'il avait prévu son destin avant de le subir. Les gens qui meurent d'une maladie de cœur ou d'une cause naturelle soudaine ne présentent jamais de telles contractions de leurs traits. En reniflant les lèvres de la victime, j'ai décelé une odeur aigrelette dont j'ai conclu qu'on l'avait contraint d'absorber du poison. C'est de la haine et de la peur qu'exprimait son visage que j'ai déduit qu'il avait été contraint de l'absorber. C'est par la méthode d'élimination que je suis arrivé à ce résultat, car aucune autre hypothèse ne pouvait couvrir les faits. Ne supposez pas que c'était là une idée tout à fait insolite. Administrer de force un poison n'est nullement chose nouvelle dans les annales du crime. Les cas de Dolsky à Odessa et de Leturier à Montpellier se présenteront tout de suite à l'esprit de n'importe quel toxicologue.

» Puis est venue la grande question. Pourquoi cet assassinat ? Le vol n'avait pas été le mobile de l'assassin, puisque l'on n'avait rien pris. Était-ce la politique ou était-ce une femme ? J'ai tout d'abord été porté vers cette dernière hypothèse. Les assassins politiques ne sont que trop heureux de s'enfuir, une fois leur besogne achevée. Ici, au contraire, l'assassinat avait été commis délibérément et le criminel avait laissé ses traces dans toute la pièce, montrant qu'il était resté là tout le temps. C'était donc une offense particulière et non une question politique, qui avait provoqué cette vengeance si méthodique. Quand on a découvert l'inscription sur le mur, cela m'a renforcé dans mon opinion. C'était trop évident comme trompe-l'œil ; mais quand on a découvert la bague, la chose pour moi était réglée. Il était clair que l'assassin s'était servi de cette bague pour rappeler à la victime une femme morte ou absente. C'est à ce moment-là que j'ai demandé à Gregson si, dans son télégramme envoyé à Cleveland, il avait demandé certain détail particulier concernant le passé de Drebber. Vous vous rappelez qu'il m'a répondu négativement.

» Je me suis alors livré à un examen minutieux de la pièce, ce qui me confirma dans mon opinion concernant la taille de l'assassin et me fournit des renseignements supplémentaires relatifs au cigare de Trichinopoly et à la longueur de ses ongles. J'étais déjà arrivé à la conclusion que, puisqu'il n'y avait aucun signe de lutte, le sang qui couvrait le plancher avait jailli du nez du meurtrier surexcité. Je pouvais voir que ces traces de sang coïncidaient avec les traces de ses pas. Il est rare qu'un homme, à moins d'être très sanguin, saigne ainsi du nez en raison d'une émotion ; je risquai donc l'opinion que le criminel était probablement un homme robuste, à la face congestionnée. Les événements ont prouvé que j'avais vu juste.

» Après avoir quitté la maison, je me suis empressé de faire ce que Gregson avait négligé. J'ai télégraphié au chef de la police de Cleveland en bornant mon enquête aux circonstances dans lesquelles avait eu lieu le mariage d'Enoch Drebber. La réponse fut concluante. Elle m'apprit que Drebber avait déjà demandé la protection de la police contre un nommé Jefferson Hope, qui avait été son rival dans une affaire d'amour, et que ce même Hope était actuellement en Europe. Je savais alors que je tenais en main la clé du mystère et que tout ce qu'il me restait à faire, c'était de prendre l'assassin.

» J'étais convaincu déjà que l'homme qui était entré dans la maison avec Drebber ne faisait qu'un avec l'homme qui avait conduit le fiacre. Les marques sur la route me montraient que le cheval avait bougé d'une façon qui eût été impossible s'il y avait eu quelqu'un qui le surveillait. Où donc pouvait être le cocher sinon dans la maison ? Or il était absurde de supposer qu'un homme sain d'esprit, quel qu'il fût, commettrait un crime délibéré sous les yeux mêmes, pour ainsi dire, d'une tierce personne qui, sûrement, le dénoncerait. Enfin, à supposer que cet homme eût désiré en suivre un autre à travers Londres, quel meilleur moyen pouvait-il adopter que de devenir cocher ? Toutes ces considérations m'amenèrent à la conclusion irrésistible que l'on devait trouver Jefferson Hope parmi les cochers de la capitale.

» S'il avait été cocher, il n'y avait aucune raison de croire qu'il avait cessé de l'être. Au contraire, à son point de vue, tout changement soudain aurait probablement attiré l'attention sur lui. Sans doute continuerait-il, pendant quelque temps du moins, d'exercer son métier. Il n'y avait pas de raison de supposer qu'il vivait sous un faux nom. Pourquoi changerait-il de nom dans un pays où personne ne le connaissait ? J'eus donc recours à mes petits galvaudeux et je les envoyai systématiquement chez tous les propriétaires de fiacres de Londres jusqu'à ce qu'ils eussent déniché l'homme que je cherchais. Comment ils ont réussi et avec quelle promptitude j'en ai profité, vous en avez gardé le souvenir tout frais. L'assassinat de Stangerson fut un incident tout à fait inattendu, mais que l'on ne pouvait guère, en tout cas, empêcher. C'est par là, vous le savez, que je suis venu en possession des pilules, dont j'avais déjà conjecturé l'existence. Vous le voyez, tout cela est une suite logique de faits qui s'enchaînent, sans interruption, sans fissure.

– C'est merveilleux ! m'écriai-je. Vos mérites devraient être reconnus publiquement. Il faudrait publier un récit de cette affaire. Si vous ne le faites pas, je le ferai à votre place.

– Faites ce que vous voudrez, docteur. Voyez donc – il me passa un journal –, regardez ceci !

C'était *L'Écho* du jour et le paragraphe qu'il m'indiquait était consacré à l'affaire en question.

Le public, disait-il, a perdu là un motif sensationnel par la mort soudaine de Jefferson Hope, que l'on soupçonnait de l'assassinat de M. Enoch Drebber et de M. Joseph Stangerson. Sans doute ne connaîtra-t-on jamais les détails de cette affaire maintenant, quoique nous sachions de bonne source que le crime était le résultat d'une vieille et romanesque querelle dans laquelle l'amour et le mormonisme ont joué leur rôle. Il semble que les deux victimes ont appartenu, dans leur jeunesse, aux Saints des Derniers Jours et que Hope, le prisonnier défunt, arrivait également de Salt Lake City. Si cette affaire n'a pas eu d'autre résultat, elle a du moins mis en relief de très frappante manière l'efficacité de notre police et elle servira de leçon à tous les étrangers. Ils apprendront qu'ils agiront sagement en réglant leurs querelles chez eux, sans les exporter en Grande-Bretagne. C'est le secret de Polichinelle que le mérite de cette habile capture revient entièrement aux notoires inspecteurs de Scotland Yard, MM. Gregson et Lestrade. L'homme fut appréhendé, semble-t-il, dans le logis d'un certain M. Sherlock Holmes, qui a lui-même, comme détective amateur, fait preuve d'un certain talent. Avec de tels maîtres, il peut espérer, le temps aidant, approcher dans une certaine mesure de leur habileté.

« On s'attend qu'en reconnaissance de leurs brillants services, des félicitations officielles soient adressées aux deux inspecteurs. »

– Ne vous l'ai-je pas dit dès le début ? s'écria Holmes en riant. C'est le résultat de notre Étude en Rouge ; valoir à ces messieurs des félicitations officielles !

– Qu'importe, répondis-je. J'ai tous les faits dans mon journal ; le public les connaîtra. En attendant, vous devez vous contenter d'avoir conscience de votre succès et penser, comme le vieil avare romain :

Qu'importe leur sifflet quand, enchanté, je contemple
Le spectacle, chez moi, des trésors de mon coffre !

# CATALOGUE LIBRIO (extraits)

## NOIR ET POLICIER

# POÉSIE

**Charles Baudelaire**
Les fleurs du mal - n° 48
Le spleen de Paris - *Petits poèmes en prose* - n° 179
Les paradis artificiels - n° 212

**Marie de France**
Le lai du Rossignol
*et autres lais courtois* - n° 508

**Michel Houellebecq**
La poursuite du bonheur - n° 354

**Jean-Claude Izzo**
Loin de tous rivages - n° 426
L'aride des jours - n° 434

**Jean de La Fontaine**
Le lièvre et la tortue *et autres fables* - n° 131
Contes libertins - n° 622

**Taslima Nasreen**
Femmes
*Poèmes d'amour et de combat* - n° 514

**Arthur Rimbaud**
Le Bateau ivre *et autres poèmes* - n° 18
Les Illuminations *suivi de*
Une saison en enfer - n° 385

**Saint Jean de la Croix**
Dans une nuit obscure -
*Poésie mystique complète* - n° 448
*(édition bilingue français-espagnol)*

**Yves Simon**
Le souffle du monde - n° 481

**Paul Verlaine**
Poèmes saturniens
*suivi de* Fêtes galantes - n° 62

## ANTHOLOGIES

Présenté par Sébastien Lapaque
**J'ai vu passer dans mon rêve**
*Anthologie de la poésie française* - n° 530

En coédition avec le Printemps des Poètes
**Lettres à la jeunesse**
*10 poètes parlent de l'espoir* - n° 571

Présenté par Bernard Vargaftig
**La poésie des romantiques** - n° 262

Présenté par Marie-Anne Jost
**Les plus beaux poèmes d'amour** - n° 695

# BD

**Berthet et Yann**
*Pin-up :*
Remember Pearl Harbor - n° 574
Poison Ivy - n° 581

**Binet**
*Les Bidochon :*
Roman d'amour - n° 584
Les Bidochon en vacances - n° 624
Les Bidochon en HLM - n° 674

**Philippe Geluck**
Le Chat - n° 640
Le retour du Chat - n° 675

**Tardi**
Adieu Brindavoine *suivi de* La fleur
au fusil - n° 562
*Les aventures extraordinaires
d'Adèle Blanc-Sec :*
Adèle et la Bête - n° 498
Le démon de la tour Eiffel - n° 499
Le savant fou - n° 538
Momies en folie - n° 539
Le secret de la salamandre - n° 563
Le noyé à deux têtes - n° 573
Tous des monstres ! - n° 646

*Librio*

69

Achevé d'imprimer en Allemagne (Pössneck) par GGP
en mai 2005 pour le compte de E.J.L.
84, rue de Grenelle 75007 Paris
Dépôt légal mai 2005
1er dépôt légal dans la collection : mai 1995

*Diffusion France et étranger : Flammarion*